Nadine Graen

Lumière

Lumière

Roman

von

Nadine Graen

Pa Verlag

Die Deutsche Nationalbibliothek verzeichnet diese Publikation in der Deutschen Nationalbibliografie; detaillierte bibliografische Daten sind im Internet über dnb.dnb.de abrufbar. Die Schweizerische Nationalbibliothek (NB) verzeichnet aufgenommene Bücher unter Helveticat.ch und die Österreichische Nationalbibliothek (ÖNB) unter onb.ac.at.

Unsere Bücher werden in namhaften Bibliotheken aufgenommen, darunter an den Universitätsbibliotheken Harvard, Oxford und Princeton.

Nadine Graen:
Lumière
ISBN: 978-3-03830-778-5

Buchsatz: Danny Lee Lewis, Berlin: dannyleelewis@gmail.com

Paramon ist ein Imprint der
Europäische Verlagsgesellschaften GmbH
Erscheinungsort: Zug

Sie finden uns im Internet unter: www.paramon.de

Für Vera, für alles was du bist und noch so viel mehr. Für immer unvergessen.

*

»Es gibt starke Schatten auf der Erde,
aber ihr Licht ist stärker.«

Charles Dickens

Paris
1957

»Vera? Komm, Vera, du bist als Nächste dran.«

»Hier bin ich.«

»Sehr schön Liebes, du packst das, du siehst einfach klasse aus, trés manifique oui!«

»Oui … ja Madame.«

Vera schaute an sich runter. Rock, Bluse und Blazer saßen perfekt. Madame hatte letzte Woche nach der Arbeit noch schnell ihre Maße genommen, damit für den Laufsteg alles passte.

»Du läufst ja eh immer in Absätzen, die hohen Schuhe werden dir nichts ausmachen.«

Madame tätschelte ihr beruhigend die Arme. Monsieur hatte nur zustimmend genickt.

»Unsere Vera packt das schon, da bin ich mir sicher.«

Ihre Handflächen schwitzten etwas. Hinter Vera machten sich noch andere Mädchen fertig, sie wirkten auf Vera routinierter und ihre Handgriffe liefen wie die von Marionetten. Perfekt und makellos. Makellos, ja so sahen diese Frauen aus. Nochmal ein schneller Griff in die Haare. Sie hatten ihr die dunkelblonden Haare im Nacken mit einer Schleife zusammengebunden. Viel lieber würde Vera sie offen tragen, aber Madame meinte, dass sie dann das Gesicht verdecken würden.

»Na Liebes, Rouge brauchst du nicht mehr, deine Wangen sind ja so schon ganz rot.«

»Das ist die Aufregung, Madame.«

Wenn Vera daran dachte, dass sie gleich vor der versammelten Pariser Modewelt laufen musste, wurde ihr ganz schlecht. Vielleicht war es doch keine gute Idee gewesen. Wer war sie schon? Sie putzten ihr noch den Staub von den Schuhen. Der rote Lack glänzte jetzt richtig. Vera konnte ihr Spiegelbild in ihnen sehen. Das Gesicht war ganz verändert, die Lippen voller, die Augen größer. Nur die Nase war unverändert geblieben. Die kleine Stupsnase wollte so gar nicht in das restliche Gesicht passen, dass plötzlich so erwachsen aussah. Aber so fühlte sich Vera nicht.

»Lumière!!«

Die Ansage riss Vera von ihrem Spiegelbild los. Es gab kein Zurück mehr. Sie ging die Stufen nach oben. Noch einmal durchatmen. Vera setzte den ersten Fuß auf den Laufsteg. Der Boden wirkte wie ein langer zugefrorener Fluss. Sie schaute nicht nach links und rechts, all die unbekannten Gesichter um sie herum sah sie nicht. Der Anblick all der fremden Menschen, die Männer im Anzug, daneben die Sekretärinnen, immer bereit die Bemerkungen ihres Chefs zu protokollieren, um jedes Wort für die Ewigkeit auf Papier festzuhalten. All das würde ihr nur Angst machen. Ein Fuß vor den anderen. Von allein wippte ihre Hüfte und der Rock schwang rhythmisch mit. Dieses vertraute Gefühl von Stoff auf der Haut, der ihre Knie sanft streifte und das Klacken der Absätze beruhigte Vera. Sie fühlte sich gut. Ihre Schritte wurden fester. Wie von selbst stahl sich ein Lächeln auf ihre Lippen. In roten Schuhen lief sie über den zugefrorenen Fluss. Denn nichts anderes sah sie vor sich. Ihr Blick ging nur nach vorne und ihre Gedanken waren auf einmal nicht mehr in dem großen Gebäude auf der Champs-Élysées. Sie war wieder zu Hause. Direkt vor sich sah sie den Fluss. Schnee lagt auf den Pflastersteinen unter ihren Füßen, ein Zug fuhr in den Bahnhof, Vera drehte sich um, erinnerte sich, wie alles begann …

Ostpreußen
1944

»Papa, warum musst du jetzt schon wieder fort? Kannst du nicht hierbleiben?«

»Nein meine liebe, kleine Vera, das kann ich leider nicht. Ich muss wieder zurück zur Arbeit. Alle müssen zurück zur Arbeit so ist das nun mal. Irgendwann wirst du es verstehen.«

Vera, ihr Vater, ihre Mutter und ihr Bruder Erich, sie alle standen am Bahnhof und warteten darauf, dass der Zug abfahren würde. Es war morgens und Vera war kalt. Trotz der dicken Winterschuhe und dem Mantel begann sie den Schnee unter den Füßen zu spüren und stapfte von einem Fuß auf den anderen.

»Vera, lass bitte das Stampfen sein, du bist doch kein Kind mehr.«

Die tadelnden Worte ihrer Mutter riefen immer in ihr den Drang hervor, sich erklären zu müssen. Sie stapfte nicht aus Spaß, ihr war nur kalt. Warum wurde ihnen nie erklärt, warum man etwas tun oder lassen soll. In der Schule war es auch so. Heb den rechten Arm zum Gruß, trag nur diese Kleider, sing nur diese Lieder, geh nur da Einkaufen ... all diese Regeln machten doch gar keinen Sinn und wenn man fragte warum, war die Antwort immer die gleiche. »Hitler hat es so angeordnet!«, oder: »So ist das Gesetz.« Vera hatte sich damit abgefunden und so sagte sie auch jetzt nichts. Außerdem wirkte ihre Mutter traurig. Wie immer, wenn Papa ging, aber diesmal schien es schlimmer zu sein.

»Es wird ein kalter Winter werden, wenn ihr Glück habt, friert die Furt zu und ihr könnt über das Eis zur Ostsee kommen.«

Ihr Vater hatte sich zu ihrer Mutter gebeugt und mit gedämpfter Stimme gesprochen. Das taten sie oft abends, wenn Erich und sie im Bett waren, aber Vera hörte sie dennoch unten reden. Meistens sprachen sie über Dinge, die sie nicht verstand und benutzten Worte, die Vera nicht kannte. Russland, Krieg, Alliierte, diese Worte hatte sich Vera gemerkt. Sie war gut darin, sich Dinge zu merken. In letzter Zeit weinte Mutter oft, wenn sie miteinander sprachen.

»Ich werde nicht weggehen ohne dich, Fritz!«

Die Stimme ihrer Mutter zitterte, das kannte sie nicht von ihr.

»Du wirst keine Wahl haben, sie werden euch wegschicken, wir werden überrannt, das können wir nicht aufhalten, und wenn du nur die Kinder nimmst Minna. Eins rechts eins links. Wie wir es besprochen haben.«

Fritz drückte Minnas Hand. Er würde sie vielleicht das letzte Mal sehen. Vera verstand nicht, was sie redeten. Sie war doch schon alt genug und musste nicht mehr an der Hand laufen. Immerhin war sie fast neun. Sie beobachtete, wie ihr Vater sich an ihre Mutter klammerte. Zwischen ihnen gab es keinen Platz mehr.

»Du weißt, das ich dich suchen werde, Fritz?«

»Ich werde zu euch kommen, Minna …, wenn ich kann, werde ich kommen, das verspreche ich.«

Fritz umarmte ein letztes Mal seine Frau. Seinen Sohn sah er lange an und sie nickten sich zu. Komisch, Vera betrachtete ihren Vater und konnte sich nur an ihn in Uniform erinnern. Als hätte es ein vor dem Krieg nicht gegeben. Ihr Vater kniete sich vor sie und sie atmete seinen Duft ein. Schon immer roch er gleich, eben nach Papa. Sie knuffte ihn, wie sie es immer tat, und er wuschelte ihr durchs Haar, so wie er es immer tat.

»Bleib brav, mein kleiner Sturkopf.«

Fritz sah seine Tochter lange an. Er hatte sich immer eine Tochter gewünscht. Er dankte Gott oft für dieses wundervolle Geschenk. Es wurde Zeit. Er nahm seine Tasche und ging zum Zug. Sie standen nun nur noch zu dritt am Gleis. Vera sah sich um. Überall standen Familien und verabschiedeten sich. Fritz stand auf dem Trittbrett des Zuges, der sich nun langsam in Bewegung setzte und winkte seiner Familie zu. Vera konnte nicht mehr stillstehen. Wieder ging er. Wollte denn keiner ihn zurückhalten? Sie sollten alle zurückhalten. Keiner wollte doch gehen, warum ließ man sie alle einfach gehen? All das schoss ihr durch den Kopf. Sie konnte nicht mehr, sie musste ihm einfach nachrennen.

»Papa, ich hab dich lieb.«

So rief Vera dem Zug hinterher, aber er war schon fast aus dem Bahnhof gefahren. Sie rannte weiter, dem Zug hinterher.

»Papa, bis bald. Bis bald, Papa.«

Unterwegs verlor sie ihre Mütze beim Laufen. Im Laufen winkte sie weiter ihrem Vater zu, der immer noch auf dem Trittbrett stand.

»Bis bald Vera, bis bald meine Kleine, pass auf dich auf, ich hab dich lieb.«

Vera hörte ihren Vater rufen. Die Lunge brannte ihr von der eisigen Luft und sie bekam keine Luft mehr. Der Zug wurde immer schneller und Vera konnte ihren Vater nur noch erahnen.

»Bis bald, Papa … «

Sie musste stehen bleiben. Die Beine waren schwer geworden. Der Zug verschwand auf den Schienen und trug Fritz Schönfeld immer weiter fort. Vera wusste nicht einmal, wohin der Zug ihn bringen würde. Oft beobachtete sie in den nächsten Monaten die Züge. Sie kamen und gingen. Doch keiner brachte ihren Papa wieder nach Hause.

Paris
1957

»Du warst großartig, Vera, élégance flottante, habe ich es dir nicht gesagt Henri.«

Madame wedelte aufgeregt mit den Händen, während sie Vera half den Rock zu öffnen.

»Oui ma cheri, die Leute waren begeistert von ihr, und als sie gelächelt hat … trés belle!«

Monsieur Henri war der Inhaber der Schneiderei Dóumas, für die Vera arbeitete. Er und seine Frau Louane entwarfen zusammen schon seit mehreren Jahren die neusten Modetrends in Paris und bestückten jede Modenschau mit ihren Modellen. Unabhängig von ihrer Qualitätsware wurden beide auch hochgeschätzt unter ihren Mitarbeitern. Seit einem Jahr gehörte auch Vera dazu. Sie war ihrem Ehemann nach Paris gefolgt. Albert entwarf, installierte und verkaufte hier für Pfaff Nähmaschinen und so kam Vera zu ihrer ersten richtigen Anstellung in der Schneiderei Dóumas. Monsieur Henri war kein Mann der vielen Worte, aber Vera mochte ihn und so war sie sehr stolz auf sein Lob. Was wohl Albert heute Abend sagen würde?

»Hier mein Kind, das ist für dich.«

Madame Louane drückte ihr einen kleinen Umschlag in die Hand.

»Hast du etwa gedacht wir bezahlen dir die Extraarbeit nicht?«

Sie lächelte.

»Aber Madame, das ist doch nicht nötig.«

Vera wusste nicht wohin mit ihren Händen. Der Umschlag lag so fremd darin. Das war ihr eigenes Geld, das sie ganz alleine verdient hatte. Ihr Gehalt verdankte sie Albert, aber dieses Geld im Umschlag hatte für Vera ein ganz anderes Gewicht. Es wog wie Erfolg.

»Non, non, mein Liebes, es sind nur 200 Franc, aber die hast du dir verdient. Ich würde mich freuen, wenn du öfter für uns laufen würdest.«

Madame legte die Kleider zusammen und packte sie in den Koffer, während sie mit Vera sprach. Vera bemerkte Madame Louanes verkniffen Lippen nicht, auch nicht den abschätzigen Blick auf sich. Sie wog immer noch das Gewicht in ihren Händen ab. Louane bemerkte ihre Fixierung auf das Geld. Für sie war es nur eine Bestätigung ihrer Meinung über Deutsche. Aber solange das Mädchen da war, durfte sie nichts sagen, Henri würde es ihr übelnehmen. Louane beeilte sich, die Modelle einzupacken. Sie wollte nicht länger als nötig ihn Veras Nähe sein. Sie musste einen Weg finden, dieses Mädchen loszuwerden. Vera merkte nichts von Louanes veränderter Stimmung und bedankte sich. In Gedanken war sie schon zu Hause bei Albert. Sie schlüpfte aus dem Rock und zog die eigenen Klamotten an. Sie ging am Spiegel vorbei. Plötzlich war sie wieder Vera. Die kleine stupsnasige Vera. Sie versuchte, das Bild von vorhin nochmal aufleben zu lassen, doch es gelang ihr nicht. Louane beobachtete Vera aus den Augenwinkeln weiter. Wie arrogant sie vor dem Spiegel stand und sich betrachtete. Dabei dachte sie daran, was sie sah, wenn sie in den Spiegel sah. Sie sah in den Abgrund. Ja, vorhin da musste sie Vera fertig machen für ihren Auftritt. Es hätte ihr Auftritt sein sollen, ihr Leben. Jeden Tag seit einem Jahr verhöhnte sie dieses Mädchen. Louane biss sich auf Zunge. Sie musste verschwinden, aber nicht ohne das Louane etwas von ihrem alten Leben, ihrem Stolz zurückbekam.

»Henri und ich würden dich gerne als Dank für heute Morgenabend zum Essen einladen, Vera, würdest du kommen?«

Sie versuchte, so höflich zu klingen, wie es ihre Stimme zu ließ.

»Merci Madame, sehr gerne würde ich Ihnen Gesellschaft leisten.«

Veras Herz schlug höher bei dem Gedanken morgen mit Monsieur und Madame zu speisen. Sie besaßen ein großes Haus direkt an der Champs-Élysées. Vera wusste von Albert, dass sie viel Einfluss hatten.

»Sehr schön, dann sehen wir uns morgen bei der Arbeit.«

Madame schien zufrieden mit der Antwort und widmete sich wieder den Kleidern. Sie hatte, was sie wollte. Morgen Abend würde sie sich das Mädchen mal genauer vornehmen. Es war kühl, als Vera das Gebäude verließ und auf die Straße trat. Paris im Frühling konnte trügerisch sein. Die Bäume und Blumen in den Parks zeigten zwar schon ihre Knospen, aber es würde noch einen Monat dauern, bis die Temperaturen es zulassen würden, ohne Jacke durch die Straßen zu spazieren. Bis sie zu Hause sein würde, wäre es schon dunkel, und obwohl sie Lust hätte sich auf einen Kaffee und eine Tarte citrone zu Pauls zu setzen, ging sie die Straße runter zum Place de la Concorde. Abends gab es immer viel Gedränge in der Metro und hier an der Champs-Élysées war es gleich doppelt so viel. Sie beobachte die Menschen, die hilfesuchend auf ihren Plänen die richtige Linie suchten. Vor einem Jahr war sie eine von ihnen. Heute gehörte sie dazu. Ihr Magen knurrte. Vielleicht hätte sie sich doch etwas zu Essen holen sollen. Vera bewegte sich geschmeidig durch das Drehkreuz. Das Labyrinth der Metro war ihr vertraut und die warme Luft mit ihrem Geruch nach Abgasen, Essen und Menschen war ein Teil dieser Welt. Es war wie eine Parallelwelt unter Paris, in der alle Menschen kurz verschwanden und an einer anderen Stelle wieder aufstiegen. Paris war wie eine Ameisenstadt, nur ein Teil befandet sich über der Erde, oben wurde gegessen und die Mütter und Pärchen gingen an der Seine spazieren. Unter ihnen befanden sich die unsichtbaren Straßen der Arbeiter, die sich ungesehen auf dem Weg nach Hause unter die Erde begaben, damit ihre abgespannten müden Gesichter das zarte unverdorbene Bild der Oberwelt nicht zerstörten. Heute nahm Vera die Linie 8. Normalerweise würde sie die Linie 1 Richtung Château de Vincennes nehmen und in Châtelet in die 11 nach Mairie des Lilas umsteigen. Aber bei dieser Menge an Fahrgästen nahm sie lieber gleich den direkten Weg. Sie genoss das Gefühl der Menge. Hier war es normal, seinen Stolz zu haben und nach mehr zu streben. Keiner würde sie hier komisch ansehen, nur weil sie etwas aus sich und ihrer Kleidung machte. Nein, hier bekam sie Anerkennung. Nicht, dass sie Anerkennung gewollt hätte, aber hier passte sie rein. All diese Arbeiter, ja sie alle strebten nach etwas Besserem und ihre abgespannten Züge waren nur die Zeichen ihrer Bemühungen und Anstrengungen. Ihre Anzüge ein Zeichen ihres Erfolgs. Heute trug auch Vera ein solches Zeichen bei sich. Sanft strich sie über ihre Tasche und fühlte die Umrisse des Umschlages. Vor der Rolltreppe war mal wieder eine lange Schlange. Kurzerhand schwang sich Vera die Treppe hinunter. Die Absätze klackten bei jedem Schritt laut auf. Immer zwei Stufen auf einmal hüpfte sie auf ihrem Weg nach unten. Die neugierigen Blicke der Männer waren ihr nicht fremd und früher wäre sie rot geworden. Männer reagierten auf diese unverbrauchte, kraftvolle Art. Vera war noch nicht so oft von der Stadt eingezogen und ausgespuckt worden und so sahen ihr Züge noch unverbraucht aus. Männer wurden von ihrem Gesicht angezogen, wie die Motten vom Licht. C'est la vie. Das Licht interessierte sich nicht für die Motten. Auf dem Place de la République gingen schon die Abendlichter an, als Vera aus der Metro kam. Schon seltsam wie ein und derselbe Ort plötzlich an Größe verlieren konnte, wenn man ihn öfter besuchte und wie sich alles veränderte. Vor einem Jahr stieg sie genau hier das erste Mal aus der Metro und betrachtete eben jene Lichter. Damals war sie eine der Motten, die sich nicht sattsehen konnte an all dem Licht.

»D'accord, was sagst du, Henri.«

Madame Louane sah Vera nach, wie sie die Straße hinunterging. Selbst im dichten Gedränge war es unmöglich, sie aus den Augen zu verlieren. Sie drehte sich zu ihrem Mann um, der grade die letzten Kleiderkoffer verschloss.

»Zu der Kleinen? Talent hat sie allemal genug und auf jeden Fall lässt sie unsere Stücke gut aussehen. Dior wird zufrieden sein mit dem Ersatz, dem wir ihm geboten haben. Kaum zu glauben, dass sie vom Land kommt.«

Henri hatte Vera nie näher betrachtet. Warum auch. Sie war schließlich die Frau seines Maschinenzulieferers und damit stand sie über ihm, auch wenn sie für ihn arbeitete. Erst als eines seiner Models ausfiel und er schnell Ersatz brauchte, hatte er einen genaueren Blick über das Mädchen wandern lassen. Das Mädchen hatte eine eigene Ausstrahlung. Sie war groß und dünn, aber nicht dürr. Sie hatte sanfte Gesichtszüge, aber ein loderndes Feuer in den Augen. Eigentlich widersprach das eine dem anderen an dieser Frau, doch zusammen ergab es ein fast perfektes Gemälde einer Frau. Nur die Nase fiel heraus, aber darüber konnte man hinwegsehen, fand Henri. Also beschloss er kurzerhand sie zu engagieren. Seiner Frau hatte diese Entscheidung nicht gefallen. Sie mochte das Mädchen vom ersten Tag an nicht. Henri konnte seine Frau verstehen, aber wenn es um die Arbeit ging, konnte er keine Rücksicht nehmen. Er hatte Louane gebeten, heute zumindest vor dem Laufsteg etwas für Vera da zu sein und sie zu bestärken. Einen Fauxpas konnten sie sich nicht leisten.

»Das stimmt, bei ihr denkt man wirklich nicht an Dorfmädchen vom Lande. Aber so muss das wohl sein, wenn man Deutsche ist.«

Fügte Louane bissig hinzu. Bilder des Grauens kamen in ihr hoch, wenn sie an Deutschland dachte, und sie schob sie schnell wieder weg.

»Ma Cherie, glaubst du wirklich, das hat was mit Deutschland zu tun. Da gehen die Geister mit dir durch. Die Kleine ist einfach gesegnet mit dem Aussehen und dazu noch einem netten Charakter, lass sie meinetwegen Deutsche sein.«

Henri wollte diese Diskussion nicht vertiefen, die Deutschlanddebatte stand zwischen ihm und seiner Frau. Nachdem er ihr erzählte, neue Maschinen vom Pfaff zu kaufen, einer deutschen Firma, war sie schier ausgerastet. Sie sah es als Komplott an und fühlte sich verraten. Natürlich hegte auch Henri keine großen Gefühle gegenüber den Deutschen, aber er musste an das Geschäft denken und Maschinen konnten die Deutschen bauen und was für welche. Die Nähmaschinen liefen um 20 Prozent schneller und hatten weniger Ausfälle.

»Gesegnet, mon Dieu, ja gesegnet sei sie mit ihrem Körper, aber nett, was weißt du denn schon von der Nettigkeit der Deutschen. Du tust, als hättest du alles vergessen.«

»Wenn du so ein Problem mit ihr hast, warum in aller Welt hat sie dann heute unsere Kollektion präsentiert? Hättest du mich gefragt, hätte ich Christian gesagt, er soll selbst ein neues Model casten für seine Stücke. Und warum hast du sie eingeladen? Und noch dazu so viel Geld gegeben?«

Henri verstand nie viel von Frauen. Doch diesmal verstand er die Intentionen seiner Frau noch weniger.

»Ich werde es genau wie die Deutschen machen, erst gebe ich ihr alles: Anerkennung, Erfolg, Geld, dann nehme ich mir alles und dann werfe ich sie weg.«

Louanes Lippen pressten sich bitter aufeinander und ihre Worte kamen nur gepresst aus ihr hervor. Henri ging zu seiner Frau und umarmte sie zärtlich. Er wusste, welchen Schmerz sie in den Jahren des Krieges erlitten hatte und welche Qualen ihr immer bleiben würden.

»Liebes, sieh mich an.«

Henri hob ihr Kinn hoch und sah in ihr wunderschönes Gesicht, das Gesicht, was ihr geblieben war.

»Egal wer oder was Vera ist, sie hat dir nichts getan. Sieh sie genau an. Ich verstehe deine Bitterkeit, und du musst den Krieg keinem Deutschen verzeihen, aber vergessen das müssen wir. Damit wir selbst eine Zukunft haben nur so können wir als weitermachen, so wie unser Volk es immer tat.«

Louane schmiegte sich an ihren Mann, ja sie hatten nach dem Krieg wieder alles aufgebaut und wieder zusammengefunden und dennoch hatte jeder von ihnen im Krieg etwas verloren. Sie wollte es wieder haben, was sie verloren hatte, und Vera hatte es. Einer musste bezahlen.

Ostpreußen
1944

»Erich!!! Komm mal bei.«

Minna fluchte innerlich. Dieser Junge, immer war er unterwegs. Nie sagte er, wo er hinging. Und als Mutter musste sie dann bangen, ob er irgendwo auf eine Mine getreten, oder doch nur wieder sinnlos mit den anderen Fischen faul auf der Haut rumlag. Denn nichts anderes als Fische waren sie in ihren Augen. Alle hatte der kleine Hitler, dieses Aas, geangelt mit seinem Hakenkreuz und nun hingen und zappelten sie alle daran. Widerlich, Minna wusste nicht, wen sie mehr verachten sollte. Den Angler, oder die dummen Fische.

»Mutter, schrei doch nicht gleich die ganze Nachbarschaft zusammen, bin ja da!«

Erich schämte sich für seine Mutter. Ständig meckerte sie wegen der Hitlerjugend und den Übungen, und an die Regeln hielt sie sich auch nicht. Ständig fuhr sie nach Königsberg zu den ollen Goldheims. Einkaufen, die Armen unterstützen sagte sie dann immer. Arm, ha, seit wann waren die Juden arm, die ganz sicher nicht. Aber er und seine Familie lebten wie die Hamster und seine Mutter gab das Geld noch aus, um bei Juden zu kaufen. Bald wäre das auch zu Ende, dafür würde die Partei schon sorgen.

»Wo ist da!! Stehst da in der Stube rum und schaust Löcher in die Luft, nichts anderes machst du den ganzen Tag und ich schlepp hier die ganzen Hölzer rein, damit wir es zumindest warm haben am Abend. Und wofür? Damit du hier auch noch dumm rumstehen kannst, und nichts anderes tust, als die Leute zu belehren.«

Minna war wütend, dafür hatte sie sich Jahre lang abgemüht, darauf war sie vor all den Jahren mal stolz gewesen. Ja am Tag seiner Geburt war Minna überglücklich und stolz auf ihren Erich. Doch nun, sie wusste es nicht mehr.

»Ich sage es dir nochmal Mutter, ich belehre niemanden, ich propagiere das Wort unseres Führers damit es auch die kleinen Bälger schon früh lernen und sich an die Ordnung halten. Und ich steh nicht rum, ich hab Postendienst für Sittenwacht!«

Erich sagte seiner Mutter nicht, dass er nur deshalb freiwillig diesen doofen stumpfsinnigen Dienst übernahm, damit keiner seiner Freunde womöglich seine eigene Mutter beobachtete, wie sie gegen die Rassengesetze verstieß. Reichte schon, dass sie abends die Lagerarbeiter zum Essen reinholte. Musste ja keiner sehen, wie sie die auch noch auf offener Straße grüßte. Minna platze der Kragen:

»Propagieren, Propagieren!!!! So nennst du das. Lernst du das bei denen? Ha Propagieren. Weißt du, was das ist, was du da tust? MORD! Nichts anderes propagierst du da! MORD! Sittenwacht für die Kinder! Ja lasst doch die Kinder in Ruhe. Bist ja selbst noch eins und von Sitte und Anstand haste keine Ahnung. Ein Junge, der eine Mutter die Arbeit machen lässt, und stattdessen kleinen Kindern Angst macht, hat wohl ne schlechte Kinderstube gehabt! Dein Vater würde dir was hinter die Ohren geben, wenn er da wäre. Und jetzt schaff dich rein, sonst vergess ich mich.«

Minna musste sich am Türrahmen abstützen. Sie hatte Erich so laut angeschrien, dass ihr die Luft wegblieb. Dieser dumme Junge. Nun ging er schweigend an ihr vorbei nach hinten und lud das Holz auf den Karren. Dummer Junge, sie wusste, dass sie ihm Unrecht getan hatte. Sie wusste auch, dass sie es ihm nicht leicht machte und sie alle in Gefahr brachte, wenn sie so sprach. Jeder Nachbar, der früher ein Freund war, konnte heute schon dein schlimmster Feind sein und dich denunzieren. Durch das Fenster sah sie fünf Lastwagen die Straße Richtung Bahnhof runterfahren.

»Dieser verdammte Krieg kann nicht ewig dauern, alles geht einmal vorbei.«

Im Stillen fügte sie noch hinzu:

»Und wenn es das Letzte ist, was ich tu, Gott. Meine Kinder bekommt dieses Dreckschwein nicht!«

Paris
1957

»Bin wieder zu Hause, Schatz.«

Vera schloss die Tür zu ihrem Hotelzimmer und schleuderte ihre Schuhe von den Füßen.

»Absätze sind zwar was Großartiges aber auch eine Folter für jeden mit Zehen. Ich glaube, meine Füße reden nicht mehr mit mir.«

Sie ließ sich in den großen Sessel am Fenster fallen und ließ ihre Füße kreisen.

»Hahah, wer schön sein will, muss leiden, mein Liebes.«

Albert kam aus dem Badezimmer. Er hatte sich grade frisch rasiert und trug noch das Handtuch um den Nacken. Er beugte sich zu seiner Frau runter und gab ihr einen Kuss.

»Aber es ist doch unfair, dass nur die Frauen leiden müssen. Ich finde, ihr Männer müsstet auch leiden.«

Bereitwillig ließ sich Vera von Albert die Füße massieren. Dieser hatte sich vor sie gesetzt und sah, wie Vera fand, einfach viel zu gut aus dafür, dass er praktisch nie etwas für sein Äußeres tat. Weder Sport noch gesunde Ernährung und Gott bewahre gute Kleidung. Dennoch gehörte Albert zu den gutaussehenden Männern. Schon als sie sich kennenlernten, hatten viele ein Auge auf den hochgewachsenen drahtigen Mann geworfen, der für jede Frau ein nettes Wort übrighatte. Dennoch war Albert kein Schürzenjäger gewesen, sondern immer galant und zurückhaltend, wenn es um ernste Beziehungen ging. Erst Vera hatte das Eis bei ihm gebrochen und ihn für sich gewonnen, was sie mit Genugtuung auch gerne im Dorf gezeigt hatte. Trotz der strengen Regeln hatte sie es sie es sich nie nehmen lassen, mit ihm gesehen zu werden.

»Wir leiden doch schon. Wir müssen Stunden damit verbringen, auf das schönere Geschlecht zu warte. Ich finde, das ist Strafe genug.«

Er zwickte sie kurz in den kleinen Zeh, bevor er aufstand, um sich anzuziehen.

»Aber ihr genießt es doch, uns so schön herausgeputzt zu sehen.«

Vera ging zu ihm ins Bad und umarmte ihn neckisch.

»Wer genießt den Anblick einer schönen Frau nicht und wenn ich das sagen darf, habe ich den schönsten Anblick von allen abbekommen.«

Er grinste sie frech über den Spiegel an.

»Ach du hast mich noch nie so hübsch zu Recht gemacht gesehen. Heute, da sah ich gut aus. Schade, dass du es nicht gesehen hast. Ich hatte rote Schuhe an und erst hatte ich Angst hinzufallen, aber es war einfach toll. Wie Schlittschuhlaufen. Wusch, wusch einfach ein Fuß nach dem anderen.«

Vera lief ausladend in das Wohnzimmer und von dort wieder zurück.

»Schau so, nur das ich dabei die schönsten Kleider tragen durfte, die ich je anhatte. Solche Stoffe. Die waren so weich. Schade Albert, dass du nicht dabei warst.«

»Ich hätte dir nur den Spaß verdorben, die Vorstellung, das andere dich ansehen, so ansehen, die macht mich rasend.«

Er wand sich vom Spiegel ab und stellte sich vor Vera.

»Du Hahn, ich bin doch dein, das weist du doch.«

»Naja so richtig ja nicht, wir können ja nicht richtig Mann und Frau sein und glaub mir das fällt mir schwer.«

Vera wusste, dass Albert auf die Nächte in getrennten Betten anspielte. Bisher waren sie zwar verheiratet, aber schliefen nicht miteinander, weil Vera anfangs noch jung war und fand, dass man als Mutter älter sein musste und sie wollte vorher noch etwas Zweisamkeit mit Albert genießen. Und wenn Albert, wie jetzt so vor ihr stand und sie seinen Körper spüren und riechen konnte, verstand sie Alberts Drang nach Nähe. Auch sie war kurz davor in solchen Momenten schwach zu werden.

»Albert, mach es mir nicht schwer, du weißt, dass wenn wir mal damit anfangen, nicht mehr aufhören und dann haben wir mir nichts dir nichts ein Kind und dann ist es so und wir können es nicht mehr ändern.«

Sie schlüpfte unter ihm weg und ging ins Bad. Sie wollte endlich das Make-up und das Puder von ihrem Gesicht und Körper runter waschen. Albert blieb noch kurz an der Wand stehen und überlegte. Was wäre schlimm an einem Kind. Er war sich klar darüber, dass ein Kind viel Verantwortung mit sich brachte, aber Vera war jetzt älter und er hatte einen guten Job mit Aussichten, dauerhaft als Auslandsvertreter und Ingenieur zu arbeiten das war doch genug, um eine Familie durchzubringen. Und der Gedanke endlich eine richtige Ehe auch nachts zu führen waren verlockend.

»Was wäre so schlimm daran?«

Albert stellte sich in den Türrahmen des Badezimmers und sah seine Frau an.

»Schlimm woran?«

»An einem Kind, du bist über 20 und wir stehen finanziell gut da. Und ich bin auch nicht der Jüngste. Ich wäre jetzt schon ein alter Vater mit über 30, wäre es so schlimm, jetzt ein Kind zu bekommen?«

»Das ist dein Ernst, oder?«

Vera schaute ihren Mann kurz verblüfft an. Mit dem Thema hätte sie jetzt nicht gerechnet und grade drehte sich ihr Leben um so vieles, aber nicht um Kinder und die Frage nach Kinderwagen und Babynahrung.

»Mein voller Ernst, Vera, ich will dich. Und ich nehme auch gerne ein Kind dafür in Kauf. Ich glaube wir wären bereit dafür.«

»Das würde alles verändern Albert. Nicht nur meinen Körper, sondern auch mein Leben ich könnte ja dann nicht mehr arbeiten. Grade heute hatte ich doch meinen großen Erfolg. Stell dir vor, ich durfte wirklich laufen und die Stücke der Bellios für Dior vorführen. Seit ich in den Absätzen meiner Mutter als Kind herumlief, träumte ich von dieser Welt. Und bin sogar bei den Bellios zum Abendessen eingeladen und diese Tür hat sich grade erst geöffnet, soll ich sie jetzt einfach wieder zuschlagen?«

»Du bist bei den Bellios um Essen eingeladen?«

Albert war verblüfft, der Erfolg seiner Frau heute musste größer gewesen sein, als er angenommen hatte, wenn Madame und Monsieur Bellios sie einluden. Die beiden hatten eine der renommiertesten Mode- und Designerläden in Paris und eine eigene Schneiderwerkstatt, in der Vera auch als Schneiderin arbeitete. Bisher hatte Albert angenommen, dass Veras Laufstegauftritt heute nur eine Notlösung für die Bellios war, dass sie anscheinend so ein Erfolg war, irritierte ihn. Und es löste ein Gefühl der Bitterkeit in ihm aus und er versuchte schnell dieses Gefühl zu verdrängen, weil er fühlte, dass damit nichts Gutes entstünde.

»Ja das bin ich und eigentlich hatte ich gehofft, mehr Aufträge zu bekommen, jetzt wo mich Madame mehr wahrnimmt. Sie hat heute auch schon sowas angedeutet und wenn ich mich gut anstelle, darf ich bestimmt auch für andere Designer laufen. Sieh mal, was sie mir gegeben hat.«

Vera legte die 200 Franc auf das Badezimmertischchen.

»Das war nur für einmal laufen, dafür muss ich sonst 15 Tage arbeiten wir könnten das Geld doch gut gebrauchen und als Rücklage verwenden.«

Das leuchtete Albert ein und dennoch blieb das nagende Gefühl und wollte sich nicht lösen. Diesen Weg seiner Frau hatte er bis jetzt nicht gesehen, oder nicht sehen wollen und der Gedanke, man könnte Vera als Modesternchen entdecken, ängstigte ihn. Das Geld lag auf dem Tisch, wie eine Karte in die Unabhängigkeit von Vera. Eine Eintrittskarte in ein Leben ohne ihn. Er wollte Vera das nicht sehen lassen und so konzentrierte er sich wieder auf das, was er eigentlich wollte und hoffte, nie zu verlieren, sie.

»Also ich nehme dich jetzt schon gut wahr. Deinen Rücken, deine langen Beine und den Rest … «

Er umarmte sie von hinten und vertrieb so zumindest für den Moment die Geister des Verlustes und Unsicherheit aus seinem Kopf und wieder fiel es ihm schwer, Vera nur halbherzig zu umarmen, denn sie schob seine neugierigen Hände von sich.

»Und wenn ich dann schwanger, rund und dick bin, siehst du mich als Walfisch und Walfische laufen nicht über Laufstege.«

Vera scheuchte Albert aus dem Badezimmer, sie wollte sich ungestört fertig für den Abend machen. Verbannt vor die Badezimmertür dachte Albert immer noch an Vera und wie es wohl wäre, ein Kind zu haben und das davor … die Gedanken gefielen ihm. Er hoffte, Vera würde sich darauf einlassen und es würde ihr besser gefallen als das Geld und der Erfolg. Vera machte sich zum Abendessen fertig. Sie und Albert wollten in ihr Stammrestaurant an der Ecke gehen. Albert war noch kurz zur Rezeption runtergegangen, um einen Firmenkunden zurückzurufen. Vera wollte die Zeit für ein Bad nutzen. Das warme Wasser lief in die Wanne und sie betrachtete sich im Spiegel. Vorhin hatte sie noch keinen Gedanken an ein Kind verschwendet, sondern nur an morgen und das Essen gedacht und den nächsten Auftrag. Doch jetzt schob sich das Bild eines Babys in ihre Gedanken. Zweifel nagten an ihr. Als Frau gab es immer nur einen Weg und sie wusste nicht, welchen sie wollte. Ein Kind hieß ja nicht nur, dass ihre Karriere ein Ende hätte, sondern auch ihr Körper. Sie hatte ihre Mutter und deren Figur gesehen. Sicher war da auch der Krieg gewesen, aber die zwei Schwangerschaften sah man ihr dennoch an.

»Mh, ihr werdet dann nicht mehr so perfekt aussehen.«

Sie fasste sich an die Brüste. Jugendlich waren sie, kaum viel größer als damals, aber dennoch weiblich.

»Und du wirst erst recht mich im Stich lassen.«

Vera musste lachen und klopfte sich auf den flachen Bauch. Aber wäre der Tausch nicht fair. Ein Kind gegen ihren Körper? Konnte man das gegeneinander aufwiegen. Sie stieg in die Wanne. Die Augen fielen ihr zu und sie ging noch mal den Moment auf dem Laufsteg durch. So gut hatte sich das angeführt. Die Blicke, das Licht und jeder sah sie an. Ihre Schritte, was sie wohl tun würde, wie sie sich bewegen würde. Albert fand es anstößig, aber für sie war daran alles genau richtig. Sie betrachteten einen freien Menschen und was er trug und ob er gut darin aussah, oder nicht und ja sie sah gut aus. Das Wasser wurde schon wieder kalt. Hatte sie so lange geträumt? Sie versuchte schnell noch von sich als Mutter zu träumen, doch es gelang ihr nicht. Vorhin hatte sie einen kurzen Moment ihre Tochter als kleine französische Prinzessin sehen können, doch jetzt war da nichts. Sie stieg aus der Wanne.

Das hatte alles keinen Sinn. Sie trocknete sich die Haare und schlüpfte schnell in trockene Wäsche.

»Vera, beeil dich! Ich habe reserviert, du weißt, wie voll es abends ist.«

»Mein Gott, wir sind da Stammgäste, die werden unseren Tisch schon nicht weggeben. Ich brauch nicht mehr lange.«

»Du siehst auch so hinreißend aus. Ich warte unten.«

Albert zog sich ins Foyer zurück. Vera wäre schneller, wenn er nicht dabei wäre, und außerdem machte ihr Körper ihn rasend und er durfte ihn ja nicht haben, lächerlich, aber verheiratet zu sein hieß nicht gleich, dass man die Frau auch ganz bekam. Nicht, wenn zwischen Frau und Mann so viele Jahre lagen. Albert hoffte inständig, dass die Lust Vera irgendwann dazu bringen würde, ihre Entscheidung zu überdenken, schließlich waren Frauen ja nicht befreit von diesen Gefühlen. Aber bisher hatte Vera immer standgehalten. Und grade diese innere Stärke schätze er an ihr. Auch er wollte keine Frau, die sich leicht hingab. Vera war ein Sturkopf und zum ersten Mal störte es ihn etwas.

»Und wenn ich ihn nur noch ein Jahr hinhalte? Dann ist er immer noch jung und ich habe ein Jahr mehr. Und wer weiß, was in einem Jahr so alles passieren kann. Die Welt wandelt sich und alles wird neu, jeden Tag gibt es neue Entdeckungen und Entwürfe. Wie viele könnte ich davon in einem Jahr präsentieren. Und wenn ich nur einmal noch laufen darf, das würde mir schon alles bedeuten. Einmal wie die sein, die ich sonst nur in den Zeitschriften sehe?«

Vera betrachtete sich wieder im Spiegel. Sie hatte sich für ein schlichtes grünes Kleid entschieden. Ihre Mutter hatte es früher getragen und ihr damals extra mit nach Paris gegeben. Sie trug gerne ihre alten Kleider, viele hatte sie hier und da umgenäht, damit sie dem aktuellen Stil entsprachen, die Ausschnitte hatte sie vertieft, den steifen Kragen weggenommen und den Saum hochgenommen bis zu den Knien.

»In dem Jahr könnte ich so viel sehen und erreichen. Morgen werde ich Madame auf jeden Fall anbieten, öfter als Model einzuspringen.«

Ihr Kleid schwang zustimmend um ihre Hüften herum. Ihre Kleider stimmten ihr immer zu, wenn sie mit ihnen in ein Krisengespräch trat. Warum waren die Gespräche mit Albert so viel schwerer. Sie schnappe sich ihre Tasche und flog hastig die Treppe runter. Trip traptrap, trip traptrap. Sie liebte es, ihre Absätze in diesem Rhythmus klacken zu lassen. Ach, war es schön, eine Frau zu sein.

»So der Herr, ich glaube, sie erwarten mich.«

Sie lächelte Albert gewinnend an. Er sah nur zu ihr hoch und wie immer war er machtlos gegen dieses Lächeln. Sie mochte in ihrem Kopf so allerhand aushecken und denken, aber wenn sie lächelte, sah man nur das Kind in ihr und gleichzeitig dieses Leuchten, als wäre man die ganze Welt für sie. Albert hatte schon viele Mädchen getroffen und viele hatten sich in ihn verliebt, aber keine hatte dieses Leuchten in den Augen. Es blitze einfach so auf und dann traf es einen im Herz. Erst hatte er es nicht bemerkt. Damals war er immer wieder zu ihr gegangen, um ihren Zauber zu ergründen, doch erst viel später kam er drauf. Es waren ihre Augen. Man musste nur achtgeben auf dem Kopf hinter den Augen. Vera war unnachgiebig und auf keinen Fall ließ sie sich so einfach lenken, wie die anderen Dorfmädchen.

»Du siehst hinreißend aus.«

»Und hat es sich gelohnt zu warten?«

»Auf dich würde ich mein ganzes Leben lang warten.«

»Ach, Albert wir sind schon verheiratet, du musst mich nicht mehr betören.«

»Doch damit du mir nicht plötzlich wegläufst.«

»Naja heute Abend musst du dir keine Sorgen machen. In diesen Schuhen lauf ich nicht weit; also los.«

Ja heute Abend noch nicht, dachte Albert im Stillen für sich. Vera hatte sich bei Albert untergehakt. Sie mochte es so durch die Straßen zu spazieren. Paris am Tag war ein anderes Paris als bei Nacht. In der Nacht wurde das angestrengte Paris locker und bunt. Am Tag ging jeder seinen Geschäften nach. Selbst in den anrüchigen Vierteln, wo Frauen sich den Männern anboten, schien das Gewerbe in der Nacht weniger fehlerhaft als am Tag. Abends gingen die Männer offen zu den Frauen und gaben sich offen ihren Sehnsüchten hin. Tagsüber sah man nur graue Mäntel schnell durch die Tür huschen. In der Nacht scheute sich keiner in Paris seine Sehnsüchte zu zeigen. Vera beobachtete die Menschen. Sie sah zwei junge Männer auf einer Treppe sitzen und konnte ihre Sehnsucht nach einer Frau deutlich sehen. Jedem Rock schauten sie unverhohlen hinterher. Am Tag hätten sie von den Mädchen böse Blicke dafür bekommen, jetzt bekamen sie ein Lächeln und mit jedem frechen Blick kamen sie wer weiß ihrer Sehnsucht ein wenig näher. In den Restaurants sah man die Pärchen, die sich bereits gefunden hatten, und plötzlich sah man auch neue Sehnsüchte. Die Sehnsucht nach der Frage aller Fragen in den Augen der Frauen. Abend für Abend gingen sie mit ihrem Partner aus, um endlich zur erwählten Frau gekürt zu werden. Vera ging an allen lächelnd vorbei. Sie hatte ihre Frage von Albert schon bekommen und ja gesagt. Sie war schon weiter als all die Frauen dort. Doch was kam jetzt? Sollte nicht jetzt eine neue Sehnsucht in ihr erwachen, die Sehnsucht nach einem Kind? War das nicht logisch. Zumindest war es für Albert logisch, dass es so kommen würde. Und es war auch naiv von ihr anzunehmen, Albert würde das nicht von seiner Ehefrau wollen. Es war das Natürlichste auf der Welt und doch konnte Vera ihre Gedanken immer noch nicht darauf lenken. Es gab da noch die zweite Sehnsucht in ihr. Nach Freiheit und nach Erfolg im Leben. Sie wollte wer sein. Im Foyer des Hotels hatte sie sich nicht getraut, Albert nochmal auf das Thema anzusprechen. Er sah so perfekt aus und auch sie sah in seinen Augen ein perfektes Bild von sich selbst. Zumindest für den kurzen Moment wollte sie dieses Bild noch behalten. Bis zum Nachtisch zumindest. Beim Essen sollte man das Reden vermeiden, so hatte es ihre Mutter immer gehandhabt.

»Entschuldigen Sie die Verspätung, wir haben uns etwas in der Zeit vertan.«

Albert und Vera kamen 15 Minuten zu spät in dem Lokal an. Da man sie kannte, hatte man ihnen ihren Tisch freigehalten.

»Kein Problem Monsieur Krum, darf ich Ihnen und Ihrer reizenden Frau schon mal ein Glas Wein anbieten?«

»Vielen Dank für mich einen Trockenen und für meine Frau … «

»Ich würde gerne ein Glas Champagner trinken. Heute ist ein besonderer Anlass. Ich hatte meinen ersten Auftrag als Model. Das würde ich gerne feiern.«

»Ah Mademoiselle, das ist ja fabelhaft, natürlich geht der Champagner aufs Haus und scheuen Sie sich heute nicht das Beste zu bestellen. Es ist eine Ehre eine so schöne und nun auch berühmte Frau zu Gast zu haben.«

Der Kellner entfernte sich rasch, um die Getränke bereitzustellen, und Vera bemerkte Alberts Verstimmtheit.

»Musste das sein, Vera?«

»Warum? Ich habe mir etwas zu trinken bestellt.«

»Nein, das mein ich nicht. Nur die Art, wie du es getan hast.«

»Kann man auf mehrere Arten bestellen, Albert? Soll ich das nächste Mal dabei Turnübungen machen? Wäre dir das lieber, oder dabei nur auf den Boden schauen, wie ein scheues Reh, oder was wäre dem Mann passend?«

Schnippisch kreuzte sie die Arme vor der Brust. Sie mochte es nicht, wenn Albert sie so von oben herab behandelte.

»Du weißt, was ich meine. Du hättest nicht von deiner Arbeit erzählen sollen, wie steh ich denn da, hier gehen auch andere Kollegen essen und du weißt, wie schnell der Klatsch hier seine Kreise zieht. Und überleg mal wie andere das finden, was du machst. Ich meine, ich lass dich ja arbeiten, da ich einsehe, dass wir das Geld schon für später gebrauchen können, doch solche Arbeit ist einfach nicht schicklich, Vera.«

Albert konnte seine Unsicherheit nicht mehr zurückhalten. Die selbstbewusste Art von Vera und das Geld wurden ihm jetzt zu viel. Es war keine gute Idee gewesen, heute auszugehen er spürte den Streit schon aufziehen.

»Was soll den bitte daran anstößig sein, Albert? Wir sind in Paris und nicht mehr in unserem kleinen Sippersfeld. Ich zeige Kleider. Du tust grade so, als wäre ich eine von denen, die sich für ein bisschen Geld gleich ausziehen.«

Vera nippte an dem Champagner, den der Kellner ihr gebracht hatte.

»Ist es denn so anders, Vera? Du hast zwar Kleider an, aber präsentierst dich trotzdem vor fremden Männern und lässt dich dabei auch noch fotografieren. Du wirst als Lustobjekt aufbereitet, damit dich alle hübsch finden. Spielt die Mode dabei noch so eine große Rolle? Anscheinend nicht, sonst könnten sie auch Modellpuppen hinstellen.«

Albert steckte sich eine Zigarette an. Der Rauch kratzte ihn im Hals, doch es half ihm, sich zu beruhigen und seine Hände abzulenken. Er wurde zornig bei dem Gedanken, dass alle Welt die Bilder von seiner Frau anstarren konnte. Und es kränkte ihn, dass er auch nicht mehr zu sehen bekam. Aber das konnte er Vera nicht sagen. Er hatte seinen Stolz und Vera tanzte darauf Walzer. Vera war naiv. Was wusste sie denn schon davon, an was Männer dachten, wenn sie solche Bilder sahen. Er wusste es und er wusste nicht, wie er jetzt damit umgehen sollte. All das machte ihn wütend.

»Ist das dein Ernst, Albert! Denkst du wirklich, ich bin nicht besser als die Hure von nebenan. Wie verblendet bist du. Das hat nichts Körperliches an sich dieser Beruf. Denkst du, ich würde es machen, wenn es sich nicht mit meiner Ehe vereinbaren ließe? Komm doch mit und sieh es dir einmal an. Dann wirst du sehen, dass nichts dabei ist. Und außerdem, was ist falsch daran, wenn eine Frau schön sein will? Schönheit ist doch nicht gefährlich.«

Sie nahm noch einen Schluck aus ihrem Glas. Das Prickeln beruhigte sie. Vera versuchte Albert zu verstehen, aber er schien ihr ihren Erfolg nicht zu gönnen und sah auch nicht die Arbeit dahinter. Die Arbeit an den Modellen, die stundenlange Arbeit des Designens und das Zusammennähen erst. Wie konnte ein Mann Maschinen entwerfen und doch so wenig Interesse an deren Produkt haben.

»Wieso sollte ich mir das ansehen? Vorbei ist vorbei. Es war nur eine einmalige Sache. Du bist heute mal eingesprungen. Und bedenke, was deine Kinder mal sagen würden, wenn sie wüssten, was du getan hast.«

»Was heißt vorbei, vielleicht bittet mich Madame Bellios nochmal für sie zu laufen, natürlich würde ich das nicht abschlagen. Und wenn meine Kinder mal Bilder ihrer Mutter in Designerklamotten auf einem Laufsteg sehen, dann werden sie mich wohl eher fragen, warum ich so verschnarcht geworden bin, als mich zu verurteilen. Albert wach auf, das Ganze ist eine neue Form der Kunst. Und außerdem müssten wir dafür erstmal miteinander schlafen, damit unsere Kinder sich mal über die Bilder ihrer Mutter aufregen können.«

Vera wusste, dass der letzte Satz unnötig trotzig war, und doch verstand sie nicht, warum Albert vorhin noch so angetan von ihr war und nun so rätselhaft launisch. Den Abend verbrachten sie dennoch friedlich miteinander, keiner von beiden stritt gern mit dem anderen. Doch selbst am nächsten Tag als Vera sich für ihre Einladung zurechtmachte, spürte sie, wie Albert das Thema noch nicht verdaut hatte.

»Du bist spät dran, Vera, wenn du pünktlich sein möchtest.«

Albert knurrte auf dem Sofa in Richtung Schlafzimmer. Wo Vera sich seit Stunden aufhielt. Er fand den Trubel um das Essen unnötig. Es war nur ein Geschäftsessen, mehr nicht. Und doch erinnerte er sich, wie er bei seinem ersten Essen, damals noch in Deutschland, aufgeregt vor dem Spiegel stand und die Krawatte mehr als einmal neu band. Heute verbot ihm seine schlechte Laune die sentimentalen Zugeständnisse an das Verhalten seiner Frau.

»Ja, wenn ich mit der Metro fahren würde, wäre das korrekt, aber Madame lässt mir einen Wagen schicken, du alter Knurrhahn könntest dich wenigstens etwas für mich freuen.«

Vera ignorierte die Stimmung ihres Mannes und wollte sich die Vorfreude auf ihren Abend nicht nehmen lassen.

»Mach dir doch einen schönen Abend mit deinen Kollegen. Jacob und Marcel, haben doch immer etwas vor, geh doch mit ihnen aus.«, versuchte Vera die Stimmung doch noch aufzulockern.

»Ich dachte, der Sinn hinter dem Verheiratetsein heißt nicht mehr alleine, oder mit Junggesellen essen zu müssen.«

»Komisch und ich dachte, der Sinn hinter dem Verheiratetsein ist, immer jemanden zu haben, der einen unterstützt.«, gab Vera bissig zurück.

»Wenn du Unterstützung möchtest in sinnvollen Angelegenheiten gerne, aber für modische Kinderspielereien entschuldige, da habe ich keinen Sinn für.«

»Erst ist es anrüchig, dann eine Kinderspielerei, du änderst deine Meinung ja öfter als ich meine Kleider.«

»Es ist beides und ich finde es nicht gut, dass du mich einfach übergehst und dein Ding durchziehst.«

»Ich habe auch Träume, Albert, und ich erwarte nicht, dass du sie verstehst. Ich erwarte, dass du mich unterstützt und bestärkst, auch wenn ich Fehler mache, ja auch wenn ich die größten Dummheiten mache, erwarte ich, dass du an meiner Seite bist.«

Vera hatte sich vor ihn gestellt. Albert vermied Augenkontakt. Dann könnte er nicht mehr standhaft bleiben, ihre Augen entwaffneten ihn. Doch er wollte nicht nachgeben. Die Angst, Vera in ihrem Weg in die Unabhängigkeit und in eine Welt, die er nicht kannte zu verlieren, war zu groß. Die Vorstellung sie zwischen all den Menschen, die ihre Schönheit loben zu wissen und das ohne ihn, sie würden sich entfremden und am Ende würde sie gehen. In diese neue Welt, ohne ihn. Wie konnte sie nur erwarten, dass er da hinter ihr stand. Es würde ihre Ehe zerstören. Nein, einer von ihnen musste sie daran hindern und wenn sie es nicht sah, würde er zumindest für sie beide darum kämpfen, dass sie diesen Weg nicht ging. Auch wenn das offenen Streit bedeutete.

»Verzeih Vera, wenn ich dich darin nicht unterstützen kann. Ich kann es nicht.«

Er war aufgestanden und hatte ihr, ohne sie anzusehen, einen Kuss auf den Kopf gegeben. Es schmerzte ihn. Nachts würde die

Angst ihn plagen. Er hoffte Madame und Monsieur würden ihr keine neuen Aufträge geben, doch er wusste, dass er sich einem Wunschtraum hingab, der nicht wahr werden würde. Vera sah ihrem Mann hinterher, der sich von ihr entfernte. Sie versuchte zu ergründen, warum ihre neue Arbeit und ihre Leidenschaft für diese Welt ihn so mitnahmen. Konnten Männer so ein Problem mit erfolgreichen Frauen haben? War es das Geld? Grade als Vera Albert hinterherlaufen wollte, klingelte das Telefon. Die Rezeption kündigte den Fahrer an, und Vera beeilte sich, runterzukommen. Schnell schlüpfte sie in ihre Schuhe und fühlte sich gleich innerlich und äußerlich größer. Als sie unten angekommen in den schwarzen Wagen stieg und sich in das weiche Leder fallen ließ, hatte sie Albert schon vergessen und genoss den Anblick, den der Rückspiegel ihr zurückwarf.

Ostpreußen
1944

Sehr geehrte Frau Schönfeld,

wir bedauern Ihnen mitteilen zu müssen, dass Ihr Mann, Fritz Schönfeld, als vermisst gemeldet wurde. Sein letzter Aufenthaltsort war Rumänien, wo er sich pflichtbewusst im Kampf für das Deutsche Reich behauptete. Unser Beileid ist mit Ihnen.

Oberbefehlshaber Schreinich, den 04.03.1944, Heiligenbeil

Minna stand in der Wohnstube, wie angefroren stand sie da. Vera hatte mehrmals versucht, sie anzusprechen, aber ihr Gesicht zeigte keinerlei Reaktion. Sie blickte starr auf das Telegramm, was ihr vorhin von einem Beamten zugestellt worden war. Ihre Augen starrten auf die Buchstaben, als würden sie versuchen, sie auszulöschen.

»Mama?«

Sie machte Vera Angst, wie sie so dastand.

»Mama, was steht da?«

Ihr Blick blieb auf den Brief geheftet. Draußen kamen die Schritte von Erich näher, bestimmt hatte er auch den Beamten gesehen.

»Mutter, Vera, gibt es etwas Neues, was wollte der Beamte?«

Er war verschwitzt, seit sein Vater nicht mehr da war, musste Erich alle anstrengenden Arbeiten übernehmen. Aber die meiste

Zeit verbrachte er mit seinen Freunden draußen am See. Entweder beim Angeln oder jetzt im Winter beim Eislaufen. Mutter hatte es ihm oft verboten, da man nie wissen konnte, ob das Eis dick genug war, aber seit Fritz weg war, war sie in Gedanken oft woanders. Aber so wie jetzt war sie noch nie. Erich schaute von Mutter zu Vera. Diese zuckte nur mit den Schultern, sie wusste ja auch nicht mehr. So standen sie eine ganze Weile zu dritt in der Wohnstube und es kam Vera vor, als wäre die Zeit stehengeblieben. Beide schauten ihre Mutter an, der nun still eine Träne über die Wange rann. Vera wollte zu ihr gehen und etwas sagen, aber Erich hatte seine Hand auf ihre Schulter gelegt und sie wusste, dass sie nicht zu ihr gehen sollte. Plötzlich kam Vera ihre Mutter klein vor. Wirklich groß war sie nie, aber sie hatte immer diesen Ton in ihrer Stimme, der sie gleich zwei Köpfe größer wirken ließ. Doch jetzt, wie sie so dastand, wirkte sie klein. Als hätte man ihr alle Größe genommen. Erichs Hand lag wie Blei auf ihrer Schulter.

Plötzlich hob Minna den Blick und schaute sie an. Nein, sie schaute nicht ihre Kinder an, vielmehr schaute sie durch sie hindurch, als würde sie einen Punkt in der Ferne fixieren. Ihre Augen wurden schmal und ihr Mund verkniff sie zu einer bebenden Kluft. Ihr ganzer Körper richtete sich auf. Aus beiden Augen flossen Tränen und ihre Hände verkrampften sich zu Fäusten. Vera klammerte sich an Erich und sie konnten grade noch Minna ausweichen, als sie an ihnen vorbei in die Küche stürmte. Das alles machte Vera fürchterliche Angst. In der Küche blieb sie vor dem Bild des Führers stehen. Einen Moment schien sie zu zögern. Dann fasste sie es mit beiden Händen und riss es von der Wand. Erich und Vera standen da und konnten nur zuschauen. Sie umklammerte das Bild und ihre Nägel bohrten sich wie Krallen in den Rahmen, als würde ein Raubtier seine Beute fassen und zerreißen. In Vera kam ein Bild von letztem Winter hoch, wo sie einen Fuchs beobachtet hatte, wie er eine der Enten packte und erlegte. Sie erinnerte sich genau an seine scharfen Krallen, das Blut und den gierigen Blick in seinen Augen. Und tatsächlich hatte der Ausdruck auf Minnas Gesicht etwas Raubtierhaftes angenommen. Als würde sie jeden anfallen, der ihr jetzt zu nah käme. Sie schleifte das Bild durch die Küche hinter das Haus. Erich und Vera blieben wie angewurzelt stehen. Sie schaute zu ihm hoch. Sein Blick zeigte Angst. Sie standen da und warteten, auf was wussten sie nicht. Da hörten sie das Geräusch der Axt und das Brechen von Holz. Erich zuckte wie vom Blitz getroffen zusammen und stürmte nach draußen.

»Neeeeein Mutter, nein.«

Er begann schon in der Küche nach seiner Mutter zu schreien.

»Mutter nein, tu es nicht.«

Vera rannte hinter ihm her und als sie von der Küche auf den Hinterhof trat, sah sie ihre Mutter, wie sie mit der Axt immer wieder auf das Bild des Führers einschlug. Sein Gesicht hatte sie einmal in der Mitte gespalten. Immer wieder holte sie von neuem Haus und schlug ohne ein Wort auf das Bild ein. Erich schrie, er hörte gar nicht auf. Doch Minna ließ erst die Axt fallen, als von dem Gesicht des Führers nichts mehr zu erkennen war.

»Mutter, warum hast du das getan, wenn dich jemand gesehen hat?«

Erichs Stimme zitterte und überschlug sich fast beim Reden. Minna schaute ihn nur an. Selbst jetzt war sie nicht fähig, ein Wort zu sagen.

»Mutter, sie können uns alles wegnehmen, überleg doch, was sie alles Schlimmes tun können.«

Erich redete immer noch auf seine Mutter ein. Auf einmal begann das Gesicht von Minna sich zu verändern. Vera konnte es nur von der Seite sehen, aber sie begann zu lächeln. Sie beugte sich zu Erich und strich ihm durch sein Haar.

»Ach mein Junge, sie haben mir schon alles genommen.«

Mehr sagte sie nicht. Als sie an Vera vorbeikam, schaute sie Vera an. Auch ihr strich sie durch die Haare, aber ihre Hand fühlte sich irgendwie leblos an. Ohne Wärme, ohne Liebe. Nach einer Weile ging auch Erich an ihr vorbei ins Haus. Vera blieb allein im Hinterhof zurück.

»Du Erich, was ist passiert?«

Vera wagte sich erst am Abend, in ihrer Kammer, Erich diese Frage zu stellen, wo die Mutter sie nicht hören konnte.

»Vater wird nicht mehr wiederkommen.«

Erich hatte ihr den Rücken zugekehrt und lag still auf seinem Bett.

»Will er nicht mehr wiederkommen?«

»Nein Vera.«

Erichs Stimme wirkte wie die eines Ertrinkenden, der nach Luft schnappt. Sie konnte die Tränen aus seiner Stimme heraushören.

»Nein Vera, er kann nicht wiederkommen, er kann nicht.«

Vera, aber auch ihr Bruder und ihre Mutter sprachen nie wieder über diesen Tag oder über ihren Vater. Es war, als hätte es ihn nie gegeben. Der Platz, wo früher das Bild hing, blieb leer an der Wand.

Paris
1957

Die Kronleuchter erhellten den Raum und Vera musste kurz ihre Augen zusammenkneifen, als sie in den ausladenden Salon trat. Alle Lichter des Leuchters waren angeschaltet und auf dem Tisch waren schon allerlei Speisen ausgebreitet. Mehrere Schalen frischen Obsts standen an allen Enden und mehrere Flaschen Wein waren dekantiert. Madame geleitete Vera zu einem Platz.

»Wie gefällt dir unsere Wohnung?«

Louane wusste, welchen Eindruck ihre Wohnung auf Neulinge machte. Mühevoll hatte sie nach dem Krieg alle alten Familienschätze wieder zusammengesucht und hier zusammengetragen. Auf den Leuchter aus echtem Kristall und den Rembrandt an der Wand über dem Kamin war sie besonders stolz. Es waren alte Familienerbstücke, die sie schon verloren oder zerstört geglaubt hatte. Nun zierten sie wieder ihre Wohnung und alles war wieder an seinem Platz.

»Sie ist wunderschön Madame! Ich weiß gar nicht, wohin ich als erstes schauen soll.«

Vera war nun doch froh, ihr bestes Kleid angezogen zu haben, anfangs dachte sie schon, es könnte zu viel werden, aber inmitten all diese Kunstschätze und Wohlstand fühlte sich ihr bestes Kleid grade mal passabel an.

»Man gewöhnt sich schnell daran, glaub mir. Wir freuen uns, dass du heute Abend Zeit gefunden hast, und hoffen das dich dein Mann nicht allzu sehr vermisst.«

»Ach diese Ehre hätte ich mir um nichts nehmen lassen und Albert wird sich wohl daran gewöhnen müssen, aber das wird er sicher.«

Die letzten Worte kamen ihr nicht sicher über die Lippen und auch Louane merkte die Unsicherheit. Anscheinend war Veras Mann nicht begeistert von ihrem Erfolg. Mit leichter Genugtuung schenkte sie Vera ein Glas Shiraz ein.

»Mach dir nichts draus, Vera, anfangs ist es für alle Männer schwer, eine erfolgreiche Frau zu haben. Manche kommen nie damit klar, aber dann gibt es da zum Glück auch noch viele andere. Glaub mir, mach dir keine Sorgen. Eine schöne Frau, wie du, wird nie allein sein.«

Louane konnte es kaum fassen wie leicht ihr Plan, Vera zu ködern und für sich zu gewinnen aufging. Der unwissende Albert spielte ihr das Mädchen grade in die Hände. Grade als Louane wieder ansetzen wollte, kam Henri mit dem Hauptgang herein. Ihre Pläne mussten warten bis nach dem Essen. Wenn Henri die beiden allein lassen würde. Er hätte es ihr nie gestattet, mit Vera ihren Plan nach Rache umzusetzen. Er war viel zu sehr auf das Geschäft bedacht und die Beziehungen zu der Firma von Veras Mann waren ihm viel zu wichtig. Louane fand Henri in dieser Art zu nachgiebig. Aber sie liebte ihn auch dafür, dass er nachgiebig mit ihr war. Er hatte ihr geholfen, ihre schweren Zeiten zu vergessen, und unwillkürlich zupfte sie an ihrem rechten Ärmel und überprüfte, ob er nicht hochgerutscht war. Noch heute konnte sie blind die Nummer auf ihrem Arm nachfahren und sie würde sie nie ignorieren, oder als ein Teil von sich akzeptieren können. Vera erwies sich als angenehmer Tischgast, wie Louane feststellen musste. Von einer barbarischen Deutschen hätte sie das nicht erwartet. Der Abend verlief friedlich und sie leerten zusammen einige Flaschen. Als Henri sich später zurückzog, war Vera schon leicht angetrunken und es fiel ihr schwer, noch klare Gedanken zu fassen. Doch die Sätze von Madame hatten sich ihr eingebrannt. Was hatte sie damit gemeint, dass ein schönes Mädchen, wie sie nie allein sein würde? Sollte sie Albert verlassen, wenn dieser sie nicht unterstütze? Ginge das so einfach?

»Also Vera, ich muss sagen, wir waren beide hingerissen von deinem Auftritt auf dem Laufsteg und ich habe mir gedacht, dass wir das ja wiederholen könnten. Was meinst du?«

Louanes Lippen umspielte ein gefährliches Lächeln, das Vera aber nicht mehr wahrnahm. Sie suchte nach einer Antwort. Vorhin hatte sie noch vorgehabt, sofort auf ein solches Angebot einzugehen. Aber die Zweifel waren wieder da. Sollte sie Albert nicht etwas Zeit geben. Dann würde er sich bestimmt auch besser damit abfinden. Erst mal etwas Gras über die Sache wachsen lassen erschien ihr erwachsener und vernünftiger.

»Eigentlich sehr gerne Madame, nur eine kurze Pause wäre nicht schlecht, damit sich mein Mann daran gewöhnen kann, es kam doch sehr plötzlich diese Wendung für ihn.«

»Ach papperlapapp, grade jetzt solltest du ihm zeigen, was du draufhast. Lass ihm keine Atempause. Geh deinen Weg und der ist da oben, Liebes.«

Louane fühlte, wie ihre Worte in Vera Wurzeln schlugen, jetzt musste sie nur noch den richtigen Köder finden.

»Mit dem Geld wirst du dir viel kaufen können und ihn beeindrucken.«

»Das Geld reizt mich daran gar nicht so. Es war vielmehr das Gefühl, da oben zu laufen. Es fühlte sich so perfekt, so frei an. Ich konnte sein, wer ich wollte, mich neu erfinden. Und die Vorstellung, das immer wieder zu können … «

Veras Augen wurden glasig und in den Funken des Kamins sah sie sich selbst nochmal laufen. Louane beobachtete Veras Blick und sah, dass es wohl doch nicht so einfach werden würde, sie zu gewinnen für ihren Racheplan. Zumindest hatte sie heute die ersten Zweifel in die Tauglichkeit ihrer Ehe gesät, das war ein Anfang. Aber sie wollte Vera mehr wegnehmen als ihren Mann. Sie wollte ihren Traum und Erfolg wegnehmen, so wie ihr alles genommen worden war. Sie trank mit Vera noch das Glas zu Ende und ließ sie dann nach Hause fahren.

»Das war doch ein erfolgreicher Abend, ma cherie, oder?«

Henri gesellte sich wieder zu seiner Frau.

»Das war es, das war es. Ich werde Vera jetzt wohl öfter zu Rate ziehen bei den Modellen. Sie hat einen guten Geschmack und vielleicht kann sie frischen Wind in die nächste Kollektion bringen. Ich werden sie gleich morgen mal zu mir in das Atelier rufen und schauen, was so für Talente in diesem Bereich in ihr schlummern.«

Wenn sie ihren Plan umsetzen wollte, musste Louane mehr Zeit mit Vera verbringen und sie weiter nach oben in der Karriereleiter heben. Als Model abgesetzt zu werden war schmerzhaft, aber als Designerin betrogen und um seine Ideen gebracht zu werden, das waren schon andere Maßstäbe. Sie wusste aus eigener Erfahrung, wie bitter es schmecke, wenn die eigenen Arbeiten gestohlen wurden.

»Daran habe ich noch gar nicht gedacht. Aber wenn du meinst, dass sie das Zeug zur Designerin hat, dann arbeite ruhig mit ihr. Ich bin froh, wenn du mit dem Mädchen Frieden geschlossen hast.«

Henri rauchte zufrieden seine Pfeife.

Ostpreußen
1944

»Still, Vera komm schnell rein. Mach die Tür fest zu und zieh die Gardinen in der Stube vor das Fenster. Beeil dich.«

Minna zog schnell Vera in das Haus und sah sich auf der Straße um. Keiner zu sehen.

»Mama, was ist los?«

Vera war verwirrt. Ihre Tür war nicht wie sonst immer offen. Sie hatte Klopfen müssen. Und ihre Mutter benahm sich merkwürdig. Merkwürdiger als sonst, fand Vera. Dennoch lief sie artig in die Stube und zog die Vorhänge vor. Es wurde dunkel in der Stube und Vera tastete sich mit den Händen durch den Raum in die Wohnküche.

»Was ist das?«

In der kleinen Wohnküche der Schönfelds saßen auf der Eckbank fünf Gestalten. Vera war sich nicht sicher, was das für Gestalten war.

»Du unhöfliches Kind.«

Schimpfte Minna.

»Das sind Menschen wie du und ich. Sie arbeiten hier und sind heute zum Essen eingeladen. Also benimm dich, zieh die Schuhe aus und setz dich. Die Brühe wird kalt.«

Sie eilte zum Regal hin und zog die Schuhe aus. Dabei beobachtete sie die Gestalten genauer. Das sollten Menschen sein. Vera fand diese Menschen recht sonderbar. Sie hatten alle das Gleiche an. Ziemlich dreckig. Die hätten sich mal besser umgezogen, dachte Vera so bei sich. Sie ging zu ihrem Platz und setzte sich. Nun saß sie genau gegenüber der fünf.

»Hier deine Brühe, Kind.«

Minna stellte Vera ihr Abendbrot hin und reichte den Arbeitern auch noch jeweils eine Schüssel.

»Bitte nehmen Sie ruhig noch. Wir haben noch genug. Ich packe ihnen später noch Brot und Trockenfleisch in ein Tuch. Dass können sie unter sich aufteilen.«

»Danke, Frau Schönfeld. Das hier ist schon genug. Es wärmt sehr gut. Behalten sie ihre Vorräte, wir bekommen unsere Rationen. Wer weiß denn schon wie lange wir noch da sind. Da wäre es Verschwendung uns die Lebensmittel zu geben.«

Der eine Mann hatte leise gesprochen. Und die anderen Männer nickten zustimmend. Vera brannten so viele Fragen auf der Zunge, aber ihre Mutter duldete keine Gespräche beim Essen. Schnell versuchte Vera ihre Suppe zu essen, damit sie endlich reden konnte.

»Fertig Mama.«

Sie schob ihre Schüssel weg und sah die Fünf an.

»Woher kommt ihr? Und warum seid ihr so dreckig? Bleibt ihr über Nacht. Wir haben Platz da in der Stube! Stimmt doch, Mama?«

Vera wollte mehr über die sonderbaren Menschen erfahren. Die fünf lächelten Vera an, nachdem ihre Fragen aus ihr herausgesprudelt waren.

»Vera! Seit wann bedrängen wir unsere Gäste und das geht dich nichts an, verstanden. Du hast heute nichts gesehen, gehört und schon gar nicht wirst du morgen darüber reden. Entschuldigen

Sie meine Tochter. Sie ist neugierig, aber wird Sie nicht verraten.«

»Da sind wir sicher, Frau Schönfeld. Und wenn schon, was hätten wir zu verlieren. Wir können uns gar nicht oft genug bei ihnen bedanken. Sie haben uns etwas Kraft durch ihr Essen gegeben.«

»Ich wünschte, ich könnte mehr tun. Ich werde mir ihre Nummern notieren und versuchen, Sie beim Befehlshaber für unsere Wirtschaft einteilen zu lassen.«

»Aber der Erich packt doch alles allein, Mama, so viel ist das doch nicht.«

Vera war böse auf ihre Mutter. Nun hatte sie keine Antworten bekommen und der Erich war zwar nicht so stark, aber die vier Äcker konnte er doch allein bepflanzen. Vera fand nicht, dass die fünf so stark aussahen, um wirklich nützlich zu sein.

»Wirst du jetzt still sein und leiser reden! Sonst hört noch einer dein närrisches Gerede.«

Der eine Mann sah Vera jetzt direkt an.

»Da hast du wahrscheinlich recht, Kleines. Wir sind deinem Bruder bestimmt keine große Hilfe mehr. Dein Bruder ist bestimmt besser als wir. Aber weißt du Kleine, früher, da sahen wir mal besser aus.«

»Und warum seht ihr jetzt so dreckig und komisch aus?«

»Wir sind Juden, mein Kind. Und es ist nicht gut, Jude zu sein, darum müssen wir jetzt sehr viel härter arbeiten und das ist anstrengend. Darum sind wir so dreckig und sehen so komisch aus.«

»Ignorieren Sie meine Tochter einfach.«

Minna wollte nicht, dass Vera die armen Männer so ausquetschte.

»Schon gut. Meine Tochter ist im selben Alter und auch so neugierig. Nur so lernen Kinder. Stimmts, Kleine.«

Er zwinkerte Vera zu. Die lächelte. Sie mochte den komischen Mann.

»Wie heißt deine Tochter, kannst du sie mal zum Spielen mitbringen?«

»Sie heißt Sara Ester, eigentlich nur Ester. Bestimmt würdet ihr euch gut verstehen, aber ich weiß nicht, wo sie ist.«

»Wieso weißt du nicht, wo sie ist? Mama muss ich immer sagen, wo ich hingehe, damit sie mich wiederfindet. Das hättest du auch machen sollen.«

Minna sah ihre Tochter an. Sie war so jung und hatte keine Ahnung, was alles um sie herum geschah. Eigentlich hätte sie Vera für ihre aufdringliche Frage schelten müssen. Aber ihr blieben die Worte im Hals stecken. Das Kind konnte ja nichts dafür. Warum schimpfen, wenn sie es ja nicht wissen konnte. Die anderen Männer sahen alle beklemmt auf ihre Füße.

»Ja weißt du, meine Tochter wurde mir weggenommen. Und ich zur Arbeit geschickt. Darum weiß ich nicht, wo sie ist.«

»Ach so, meinen Papa haben sie auch zur Arbeit geschickt. Macht ihr die gleiche Arbeit?«

Minna unterdrückte die Tränen und drehte sich weg vom Tisch. Sie begann das Geschirr abzuwaschen. Vera bemerkte das alles nicht. Sie fand es aufregend, dass der komische Mann ihr alles erzählte.

»Nein Liebes. Dein Vater hat eine andere Arbeit. Juden und Deutsche arbeiten nicht zusammen.«

»Das ist doch doof. Ich meine ihr seht zwar komisch aus, aber ihr könnt doch das Gleiche machen. Was kannst du denn gut?«

»Früher war ich Lehrer, weißt du. Nun arbeite ich auf Feldern.«

»Oh das ist aber doch schlechter. Warum bist du nicht Lehrer geblieben?«

»Weil es Juden verboten ist, Lehrer zu sein.«

Vera dachte kurz nach. Sie hatte davon gehört, dass Juden schlechter waren als andere. Ihre neue Lehrerin erzählte ihnen immer, dass Juden gefährlich waren und dass man ihnen nicht trauen durfte. Aber ihre Mutter hätte nie gefährliche Menschen zum Essen eingeladen und ihnen erst recht nicht Trockenfleisch angeboten. Für sie machte das wenig Sinn und sie glaubte der doofen Lehrerin sowieso nicht. Der komische Mann war bestimmt ein viel besserer Lehrer gewesen. Er sah nicht so aus, als würde er Kinder, die die richtige Antwort nicht wussten, schlagen.

»Weißt du, ich glaube, du warst ein guter Lehrer, du kannst gut erzählen. Kannst du mir mehr erzählen?«

Der Mann sah Vera an. Sie hatte dieselben Augen wie seine Tochter. Wo Ester jetzt wohl war. Die Tränen kamen in ihm hoch und eine rollte über seine Wange.

»Tut mir leid, hab ich was Falsches gesagt? Ich wollte nicht, dass du traurig wirst. Ich hör nur gerne Geschichten.«

Schnell wischte sich der Mann die Tränen aus den Augen. Es war nicht gut, die Gedanken hochkommen zu lassen. Besser an nichts denken. Sich an nichts erinnern. Ja, so kam man am besser durch. Er wollte dem Mädchen ja keine Angst machen und seine Geschichte war nicht für Kinderohren geeignet. Es war besser, nichts mehr zu sagen.

»Mein Kind, es gibt im Leben Geschichten, die will man nicht hören und meine ist so eine. Aber ich bin froh, dass du so ein liebes Kind bist. Es ist schön, mit dir zu reden. Du bist gescheit. Bleib so.«

Er streichelte ihr über den Kopf. Auch die anderen lächelten Vera an. Vera konnte sich nicht vorstellen, dass es eine Geschichte gab, die sie nicht hören wollte. Das war das liebste, was sie tat. Geschichten hören. Die Spannenden mochte sie am liebsten.

»Es wird Zeit. Ihr Transport fährt bald ab.«

Minna hatte das Gespräch mitangehört. Ihre Tochter war wirklich ein gescheites Kind. Nicht ein böses Wort hatte sie zu den Männern gesagt.

»Ja Frau Schönfeld. Wir werden uns hinten rausschleichen und einen Umweg laufen. Damit niemand uns nahe ihrem Haus sieht.«

Der Mann bedeutete seinen Freunden aufzustehen. Vera erschrak. Im Sitzen war ihr nicht aufgefallen, wie dünn die Männer waren. Man konnte ihre Rippen durch das Hemd sehen und ihre Beine waren dünner als ihre eigenen. Es war doch unmöglich, dass sie auf solchen dünnen Beinen stehen konnten. So durften sie doch nicht arbeiten.

»Mama, lass sie nicht gehen. Wir haben doch noch essen. Ich ess auch weniger.«

»Kind, das geht nicht. Die Männer müssen wieder zurück ins Lager. Das weißt du doch.«

»Aber da ist es schlecht. Schau doch wie dünn sie sind.«

»Ja Kind, darum haben wir sie ja auch eingeladen.«

»Können wir sie öfter einladen?«

Vera war traurig. Ihr taten die Männer leid. Vor allem waren sie auch so nett, auch wenn sie dreckig waren.

»Alles gut, Kind! Uns geht es gut und deine Mama hat uns heute sehr geholfen. Du kannst stolz auf so eine Mama sein.«

Der komische Mann verneigte sich vor Minna und die anderen taten es ihm gleich. Sie gingen durch die Wohnstube zum Hinterhof.

»Gott beschütze Sie.«

Minna drückte jedem einzelnen die Hand. Der komische Mann drückte ihrer Mutter die Hand und reichte sie auch Vera.

»Gott beschütze dich, Kind.«

Vera ergriff die Hand des komischen Mannes. Sie fühlte sich rau an. Die Finger waren so dünn wie eine Kinderhand. Vera hatte Angst zu fest zuzudrücken und ihm weh zu tun. Warum mussten immer alle netten Menschen gehen? Vera wusste nicht, was sie sagen sollte und so umarmte sie den komischen Mann einfach. Ihre Arme konnten ihn ganz leicht umgreifen. Es war ihr egal, wie dreckig er war.

»Kommst du wieder?«

»Vielleicht werden wir uns wiedersehen.«

»Wie heißt du eigentlich?«

»Jakob Salem.«

Jakob Salem löste sich aus Veras Umarmung und folgte seinen Freunden in die Dunkelheit hinaus.

»Werden sie wieder kommen, Mama?«

»Wir werden versuchen, sie öfter einzuladen, Vera.«

Minna drückte ihre Tochter an sich. Und eine Weile schauten sie in die Dunkelheit. Tatsächlich kamen Jakob und seine Freunde noch mehrmals zu ihnen zum Essen und jedes Mal erzählte er Vera ein paar Geschichten. Und jedes Mals versprach Vera ihrer Mutter mit niemanden über diese Abende zu reden. Aber irgendwann kamen sie nicht wieder. Vera tobte, sie verstand es nicht.

»Jakob ist jetzt an einem besseren Ort.«

Minna wusste nicht, wie sie es ihrer Tochter leichter erklären sollte. Vera wurde wieder still. Sie freute sich für Jakob. Hoffentlich hatte er es gut an diesem Ort. Vielleicht hatte er ja seine Tochter wiedergefunden.

Paris
1957

»Vera, ma Chéri! Vite vite komm mal nach hinten zu mir.«

Madam rief in die Lagerhalle. Sie hätte auch direkt zu Vera gehen können, aber wozu sich diesen Weg machen. Vera genierte sich etwas vor den anderen Schneidern, zwar gehörten die alle mehr oder weniger direkt zur Familie von Madame, dennoch wollte Vera nicht bevorzugt werden oder den Anschein darauf erwecken. Es war grade mal drei Tage her gewesen, wo sie mit Madame und Monsieur zu Abend gegessen hatte und seitdem rief Madame sie jeden Tag zu sich ins Atelier, wie sie es nannte. Überall standen Schaufensterpuppen rum, manche bekleidet, manche in bloßem Gestell, mal lag auch nur ein Arm auf dem Tisch und steckte mit seinem Fingern in einem Handschuhmodell. Dies war das geheime Reich, wo nur Madame regierte und ihr Mann keinen Zutritt hatte. Hier stellte sie alle Modelle zusammen, kombinierte die Röcke zu den Jacken. Entworfen wurden alle Modelle von Monsieur, doch erst Madame erweckte sie zum Leben. Unter den Schneidern wurde sie halb zum Scherz, halb ehrfürchtig die Puppenspielerin genannt. Denn tatsächlich sahen diese leblosen Modelle erst durch ihre Hilfe lebendig aus und nicht selten kam es vor, dass sich manche Arbeiter bei ihrem Gang durch die Lager vor den Schaufensterpuppen erschreckten. Als Vera zum ersten Mal in dieses geheime Reich gerufen wurde, hatte sie ein Gefühl der Beklemmung begleitet. Ständig fühlte sie sich beobachtet und verspottet von den Puppen. Auch heute bewegte sich Vera mehr langsam als schnell durch das Atelier. Sie entdeckte Madame, wie auch die letzten Tage, vor einer Puppe auf dem Boden sitzend.

»Ja Madame, was kann ich für Sie tun?«

»Setz dich zu mir Kind und schau dir diese Puppe an«, Madame wendete dabei nicht einmal den Blick von der Figur, sondern deutete einfach auf den leeren Platz neben sich. Vera ließ sich auf die Knie nieder und versuchte dabei darauf zu achten, dass der Rock nicht zu weit die Schenkel hochrutschte. Madame saß weiterhin im Schneidersitz da, als wäre sie festgewachsen.

»Vera, kommt dir an diesem Modell etwas bekannt vor?«

Vera betrachtete den Rock, ein klassischer Schnitt, wie er zurzeit Mode war. Ihr Blick wanderte weiter über die Bluse, sie hatte dieselbe Farbe wie der Rock. Ein weiches Azurblau und begann fast übergangslos kurz über dem Rockbund, sodass die Kombination aus der Ferne, wie ein Kleid wirkte, aber aus der Nähe die unterschiedlichen Stoffe sichtbar wurden und somit die Illusion durchbrachen.

Vera zögerte kurz, ob sie tatsächlich ihre Meinung zugeben sollte. Sie wollte Madame auf keinen Fall beleidigen, doch sie wollte auch weiterkommen in dem Beruf, also setzte sie alles auf eine Karte.

»Verzeihen Sie Madame, wenn ich Ihnen jetzt meine ehrliche Meinung gebe. Aber ich finde das Kleid langweilig. Erst vor ein paar Tagen bin ich mit meinem Mann durch die Straßen gelaufen und viele Frauen tragen grade diesen Schnitt. Da er optisch schmäler macht. Natürlich ist das für etwas füllige Frauen vorteilhaft, aber es macht alle gleich. Alle Frauen sehen darin gleich aus. Aber es ist nicht aufregend. Es sind immer noch die alten Generationen und ihre Sittlichkeit darin zu sehen. Es entspricht nicht mehr der Zeit. Die Frauen der jüngeren Generationen schreien nach Veränderung. Waghalsiger, offener. Ich meine, wie sollte der Schnitt überzeugen, wenn die jungen Frauen schon

Hosen tragen und sich mehr und mehr emanzipieren. Da sollte die Mode doch genau das vermitteln und unterstreichen. Mode war schon immer ein Mittel der Revolution.«

Vera schluckte schwer, sie hatte so schnell gesprochen, da sie Angst hatte vor dem, was Madame sagen würde. Hatte sie sich verrannt. Sie hatte das ausgesprochen, was ihr auf dem Herzen lag. Vielleicht war es auch eine gewisse Angst die aus ihr sprach, eben jener Generation und ihren Traditionen nicht zu entkommen. Betreten schaute sie zu Boden. Was hatte sie sich gedacht, so eine Rede zu schwingen. Doch sie schaute irritiert wieder auf als sie Madame Bellios aufschreien und klatschen hörte.

»Bravo Cheri, genau das ist es, es ist langweilig und alle Welt trägt es, aber wir machen wir daraus etwas Besonderes. Denn mein Liebes, genau was du sagst, beobachten wir seit Jahren in Paris. Die jungen Mädchen und Frauen rufen nach Freiheit und wollen gehört werden. Unser Partner Dior hat das schon bemerkt und hat uns den Auftrag gegeben, für ihn ein Kollektionsstück für seine Haut Couture Saisoneröffnung zu kreieren. Er will diesmal Blicke öffnen für mehr Freigeist. Die ganze Welt schaut auf Paris und unsere Kollektionen. Sie ahmen uns überall nach. Dieses Jahr Paris, nächstes Jahr Mode in Amerika. Wir sind ihnen immer einen Schritt voraus. Und dieses Jahr wird das Jahr, Vera. Wir werden der Welt zeigen, warum Paris die schönsten, revolutionärsten und einmaligsten Modelle hervorbringt.«

Louane rolle ein Plakat aus. Es zeigte einen eleganten Pfau mit aufgestellten Federn auf einem Podest von Scheinwerfern angestrahlt.

»Der Paradiesvogel von Paris«

Vera las die Worte und vor ihren Augen sah sie ihre Chance. Louane beobachtete Vera und wusste nun, dass sie angebissen hatte. Die letzten drei Tage hatte sie lange gegrübelt, wie sie Rache an den Deutschen, an Vera nehmen konnte und als sie einen Blick auf das Plakat der diesjährigen Saisonankündigung geworfen hatte, war ihr ein Gedanke gekommen.

»Vera, glaubst du, du kannst dieses langweilige Kleid in den Paradiesvogel von Paris verwandeln? Kannst du dich in den Vogel verwandeln? Ich weiß, dass du eigentlich eine Pause vom Laufsteg haben wolltest, aber das ist deine Chance. Ich kann sie natürlich auch einem anderen Mädchen geben. Es arbeiten schon einige bei uns an dem Modell, aber ich glaube, du bist die Richtige für diesen Job. Kann ich auf dich zählen? Du stehst für diese Zeit, du fühlst sie!«

Vera dachte an den Laufsteg, dieses Gefühl, nachdem sie sich so lange gesehnt hatte. Diese Freiheit, endlich der zu sein, der sie sein wollte. Endlich sich zeigen zu dürfen nicht mehr verstecken, nicht mehr weglaufen vor irgendwas, nicht mehr um Erlaubnis fragen. Doch sie dachte auch an Albert. Den sie mit ihrer Zusage verraten würde. Hatte sie nicht eine Ehe geschlossen, um aufeinander zu achten. Grade war sie zwar nicht so begeistert von Albert und seiner Art, aber er war doch ihr Albert, den sie liebte, der sie nach Paris brachte, der in ihr immer mehr gesehen hatte. Warum machte grad er es ihr jetzt so schwer? Warum hatte er das Thema Kinder und alles darum nicht noch zurückhalten können? Es lag zwischen ihnen wie dampfende Kohlen und jeden Tag tanzten sie den Kohlentanz und es war nur eine Frage der Zeit, bis sie sich verbrennen würden. Wenn sie jetzt zusagen würde, dann würde sie die Kohlen weiter anheizen, anstatt auskühlen zu lassen. Ihr Verstand sagte, ihr sie solle ablehnen, doch Vera war die Sprache des Herzens schon immer geläufiger gewesen und darum gab sie ihrem Herzen und dessen Wunsch nach.

»Ich nehme den Auftrag an und hoffe, dass ich dieser Aufgabe gerecht werde. Ich habe mich noch nie selbst an einen Entwurf gewagt, aber ich werde mich bemühen, Sie nicht zu enttäuschen, Madame.«

Gleichzeitig berührte sie ihren Ehering und er fühlte sich heiß an.

»Ich bin sehr zufrieden, Vera, das ist die richtige Entscheidung, aber nenn mich doch ab jetzt Louane, schließlich werden wir jetzt viel zusammenarbeiten. Da sollten wir langsam anfangen, die Höflichkeit hinter uns zu lassen.«

Louane reichte Vera die Hand und sie schlug ein.

Albert war froh, dass er Vera hatte überreden können, mit ihm rauszugehen. Seit ihrem Auftrag grübelte sie die ganzen Tage zu Hause über irgendwelchen Ideen. Er gab zu, dass er nicht viel von Mode verstand, aber was Vera darin alles sah und welche Emotionen und Gedanken sie in die verschiedenen Ensembles hineininterpretierte, konnte er sich nicht mehr mit anhören. Ob dieses oder jenes frecher oder beruhigender wirkte. Wo man alte und neue Generationen sah, was war normale Kleidung, was schon Haut Couture. Für ihn verschwammen da die Grenzen. Doch Vera blühte richtig auf. Sie dachte an nichts anderes mehr. Sie erwähnte öfter Chanel und Dior als seinen Namen. Damit sie mal über etwas anderes nachdenken konnte und sie etwas gemeinsam Zeit verbringen konnten, hatte er sie zu einem Spaziergang im Jardin du Luxemburg genötigt. Anfangs hatte er sich gefreut. Doch obwohl sie hier draußen waren, hielt das Vera nicht davon ab, weiter zu grübeln.

»Ich kann es immer noch nicht fassen, dass Madame mir diese Chance gegeben hat. Albert, das ist doch Wahnsinn. Stell dir mal vor was passiert, wenn sie sich tatsächlich für meine Entwürfe entscheidet. Dann wäre ich über Nacht berühmt und mein Name würde ganz oben auf dem Programm stehen.«

»Ja wenn sie, sich dafür entscheidet.«

»Du bist schon wieder so pessimistisch, Albert.«

»Nein Schatz, ich bin Realist. Sieh mal, ich will dir nichts verderben, wirklich.«

Eigentlich wollte Albert das schon, doch er erkannte, dass Madame eine für ihn günstige Situation geschaffen hatte, in der er Vera tatsächlich Unterstützung vorspielen konnte. Denn es war ausgeschlossen, dass Veras Entwürfe die Perfektion hatten, die Bellios für die Firma Dòumas suchte.

»Ich bin nur realistisch. Versuch dein Glück, aber sei nicht enttäuscht, wenn sie am Ende die Entwürfe eines echten Designers nehmen.«

Zufrieden legte Albert seinen Arm um Vera. Bald wäre der Spuk vorbei. Es würde zwar schmerzhaft für Vera, aber immerhin könnte er sie dann trösten. Albert verlor sich in Tagträumen einer schönen Zukunft. Vielleicht sollte er dann mit Vera als Trost ans Meer fahren. Im kalten Wasser und nur wenig bekleidet hätten sei beide sicher viel Spaß zusammen. Da könnte er einen neuen Versuch starten, ihr körperlich endlich nahzukommen. Albert war so in seinen Gedanken versunken, dass er Vera an seiner Seite völlig vergaß. Erst wollte Vera Albert widersprechen, als der sie mit den harten Worten zurück auf den Boden holte. War sie etwa keine echte Designerin? Sie dachte betroffen an ihre bisherigen Erfahrungen in dem Bereich. Sie hatte ihrer Mutter früher oft geholfen, die Stoffe ordentlich zu verarbeiten, damit sie vielseitig einsetzbar waren. Aber damals hatte sie nur praktische Arbeitskleidung hergestellt. Das hier war eine Nummer größer. Albert erwachte wieder aus seinen Träumereien und betrachtete seine Frau.

»Bleib kurz stehen, Vera.«

»Warum Liebling?«

»Du hast da Kirschblüten von dem Baum dort drüben auf deiner Bluse und dem Rock das sieht grade so schön aus. Davon wollte ich ein Foto machen. Warte kurz.«

Albert richtete die Kamera auf Vera und drückte den Auslöser.

»Ach du mit deiner Kamera, richtige Fotos macht die doch sowieso nicht. Die richtigen Profikameras sehen anders aus.« Vera war immer skeptisch, wenn Albert mit der kleinen Polaroidkamera rumspielte. Es war eine unnötige Geldausgabe gewesen. Wenn Albert gute Fotos haben wollte, sollte er einfach zu einen Fotografen gehen. Aber Albert liebte die Spielerei mit dem kleinen Apparat.

»Natürlich sehen die besser aus, aber ein Profi läuft leider hier nirgendwo rum und der Moment sollte doch nicht verloren gehen. Dafür sind sie da. Schau her, wie schön du aussiehst, ma cherie!«

Albert hielt Vera das Bild hin. Vera sah darauf eine junge Frau und auf dem Bild sah es tatsächlich so aus, als hätte sie Blumen auf der Bluse und dem Rock. Die Blumen hoben sich deutlich von dem Untergrund ab und waren ein echter Blickfang. Vera musste Albert recht geben, das Bild war wunderschön und Vera sog den Atem ein.

»Albert, du bist ein Genie.«

Vera küsste Albert überschwänglich.

»Haha Vera, so gut ist das Bild auch wieder nicht. Aber du darfst gerne immer so auf ein Bild reagieren. Dagegen habe ich nichts.«

»Nicht das Bild Schatz, sondern das, was du fotografiert hast, war ein Geniestreich.«

»Würdest du mich teilhaben lassen an deiner Begeisterung.«

»Schau, die Blumen, wie du gesagt hast, sieht es so aus, als ob sie Teil meiner Kleidung wären.«

»Ja darum habe ich es doch auch fotografiert, du Dummerchen.«

»Ja du hast es fotografiert, weil es einzigartig und schön aussah.«

»Worauf möchtest du raus?«

»Na stell dir mal vor, wenn du nicht mehr auf den Zufall solch eines Bildes warten müsstest, sondern wenn die Blumen schon vorher drauf genäht wären.«

»Ja, aber es sähe nicht so gut aus.«

»Weil bisher alle immer nur eine oder zwei Blumen auf den Kleidern haben, so am Kragen vielleicht. Aber stell dir ein Ensemble vor, dass wie ein ganzer Kirschbaum aussieht. Da könnte man nicht mehr wegsehen. Und da jede Blüte einzigartig ist, wäre auch jedes Ensemble ein Unikat. Wie jeder Baum auch. Das ist fantastisch Albert. Das ist die Idee. Das mache ich aus dem Modell. Ich mache den wahrhaftigen Frühling samt Blütenbaum daraus. Und wenn ich die Blüten vom Untergrund abgehoben projizieren kann, dann kann ich ein mehrdimensionales Erlebnis daraus machen. Die Blumen als Zeichen für einen Neuanfang, Revolution der Mode ist zwar offensichtlich, aber durch die mehrdimensionale Darstellung kann ich die Veränderung einer neuen Generation, die aus der Zweidimensionalität entwachsen ist und sich entfaltet thematisieren und bildhaft darstellen.«

Vera drückte Albert fest und war so glücklich. Nachdem Vera ihn losgelassen hatte, um schnell nach Hause zu kommen, sie wollte gleich los, um ihre Idee festzuhalten, sah Albert sich das Bild nochmal an. Eine Blüte hatte sich in Veras Haar auf dem Bild verfangen. Sie war so schnell weg, er hatte keine Zeit gehabt, sie ihr aus dem Haar zu streichen. Geistesabwesend fuhr er mit dem Finger über die Stelle auf dem Bild. Es war nicht das Gleiche.

Ostpreußen 1944

Vera lief einen weiten Bogen über das Eis. Die Kufen lagen gut auf der Oberfläche auf und sie fuhr immer schneller. Man musste immer nur den nächsten Schritt im Blick haben und das Gewicht richtig verteilen. Ihr Vater hatte ihr die Schlittschuhe im letzten Winter geschenkt und sie hatte Tage damit zugebracht, auf dem See zu üben. Dieses Jahr war sie so gut, dass sie schon bei den großen Kindern mitfahren konnte. Sie war schneller als der Erich und seine Freunde und die Schnellste der ganzen Mädchen. Sie gewann alle Rennen. Eigentlich war es wie Laufen, nur halt auf scharfen Absätzen und auf glatter Oberfläche, aber eigentlich wie laufen. Sie stellte sich vor, ihr Papa würde vor ihr laufen und die Arme ausstecken und sie auffangen, wenn sie fiel. So hatte sie nie Angst und fiel nie hin. Sie flog um die Kurve und schaute nach hinten. Der olle Lars Krugger lag drei Längen hinter ihr. Sie machte sich klein und nahm mit den Armen Schwung und sie flog mit vier Längen Vorsprung durchs Ziel.

»Ha, Lars gewonnen. Ätsch du hast gegen ein Mädchen verloren.«

»Das zählt nicht, du bist auch leichter.«

»Was hat das damit zu tun? Du bist einfach zu doof zum Schlittschuhlaufen und willst nicht zugeben, dass du verloren hast.«

»Ich hab nicht verloren.«

»Doch hast du, du Lügner.«

»He seht mal, wer da mit neuen Kleidern kommt. Na Susi tolle Jacke, hast du die extra mit nem Stern bestickt? Haha echt schick, du hässliche Kuh!«

»Ach halt doch die Klappe. Hallo Susi, komm doch auch mit Annchen zum Schlittschuhlaufen.«

Vera bemerkte, dass Susi komisch war und anscheinend auch geweint hatte.

»Ich darf nicht Vera. Ich muss nach Hause.«

Vera verstand ihre Freundin nicht. Letztes Jahr war sie doch auch auf dem Eis. Schnell zog sie sich die Schuhe aus und kletterte den Hang hoch.

»Warte, was ist los. Hast du keine Lust mehr? Und warum trägst du die Jacke, die ist doch viel zu dünn. Es ist doch kalt.«

»Doch ich hab Lust, aber ich darf nicht mehr Schlittschuhlaufen und auch nicht mehr auf den Spielplatz. Die Jacken hat mein Vater gegen unsere alten gestern eintauschen müssen am Rathaus.«

Susi weinte. Vera umarmte ihre Freundin. Ihr tat das leid. Sie war auch in eine andere Schule geschickt worden und war nicht mehr Klassensprecherin. Dabei war sie so stolz darauf gewesen.

»Aber das ist doch nicht schlimm Susi, dann komm ich einfach zu dir.«

»Mein Papa sagt, ich darf nicht mehr mit anderen spielen, es wäre zu gefährlich.«

Vera verstand das nicht. Sie kannte Susis Eltern und ihre Schwester, das kleine Annchen. Warum war es gefährlich, wenn sie mit ihr spielte?

»He du Drecksau. Hau ab.«

Vera sah, wie der olle Lars den Hang hochkam.

»Auf Wiedersehen Vera. Ich vergesse dich nicht.«

Vera drückte ihre Freundin nochmal und bemerkte den Stern an ihrer Jacke. War der schon immer da? Bevor Vera was sagen konnte, wurde sie von hinten gepackt und auch Susi wurde an der Jacke nach oben gezogen. Lars hielt beide Mädchen fest.

»Euch bring ich zur Polizei. Ihr dürft nicht zusammenspielen. Da schlagen wir zwei Fliegen mit einer Klappe.«

»Du bist doch doof. Lass uns runter. Wir haben uns doch nur verabschiedet.«

Vera versuchte sich aus dem Griff zu winden. Doch der Griff war zu fest und so schlüpfte sie einfach aus der Jacke.

»Pf, dann bring ich eben das Judenmädchen hin. Ist mir doch egal, ich kann die Anzeigen, wegen was ich will. Sind eh viel zu viele von denen.«

Susi weinte noch stärker und wehrte sich nicht. Vera wurde sauer. Diese Jungs bildeten sich alles ein. Erich hatte sie früher auch gehänselt, aber ihr auch gezeigt, wie man sich wehrte. Sie hatte immer beobachtet, wie er sich prügelte.

»He du Lars, schau mal her.«

Noch bevor sich Lars Krugger ganz umgedreht hatte, schlug Vera mit der Faust auf seine Nase. Sofort spritzte das Blut aus der Nase und er hielt sich erschrocken die Hände davor und krümmte sich vor Schmerz. Susi vergaß er dabei völlig. Vera half ihrer Freundin auf und die rannte schnell weg. Schade, jetzt kann ich sie nicht mehr nach dem Stern fragen, dachte sich Vera, doch schon zuckte ein Schmerz durch ihr Schienbein. Lars hatte sich schnell von dem Schlag erholt und er und Vera prügelten jetzt wild aufeinander ein, bis Erich mit seinen Freunden vorbeikam und die beiden trennte.

»Vera, wie siehst du denn aus?«

Erich hatte seine Schwester am Kragen gepackt und nach Hause gezerrt. Sie sah völlig zerrupft aus. Die Haare auseinandergezogen, die Hosen löchrig und dreckig vom Staub und Blut. Der Mantel war im Eimer. Erich wusste, was das für einen Aufstand geben würde.

»War der Krugger.«

Vera spuckte Blut aus. Der Blödmann hatte sie getroffen. Ihr tat es nicht im Geringsten leid, dass sie ihn auch gut verdroschen hatte. Mochte Erich mal wieder einen Vortrag halten.

»Erzähl keinen Mist Vera, du hast dich mit Lars geprügelt!«

Erich schubste sie in sie in die Wohnstube. Minna war sprachlos. Warum musste immer ihre Tochter so nach Hause kommen?

»Er hat angefangen!«

Vera verschränkte trotzig die Arme vor der Brust. Sie würde es wieder tun und ärgerte sich, dass sie ihn nicht gebissen hatte.

»Und war es so schlimm, dass du ihm gleich die Nase brechen musstest?«

Erich schrie Vera an. Lars war ein Blödmann, das wusste jeder. Aber seine Eltern waren hohe Parteitiere. Es war nicht gut, wenn Vera gerade diese Menschen auf sich aufmerksam machen würde.

»VERA!!!«

Minna schlug die Hände zusammen. Das fehlte noch. Jetzt konnte sie auch noch die Arztkosten des Jungen übernehmen. Und das, obwohl das Geld immer knapper wurde. Vielleicht konnte sie auch Lebensmittel anbieten, davon hatten sie noch genug.

»Er hat Susi Drecksau genannt und wollte sie anzeigen«

»Ja, dann lass ihn doch, was mischt du dich da ein ich mein … «

»Still, Erich ist gut. Geh ruhig, ich mach das.«

Erich sah von seiner Mutter zu einer Schwester. Die würde Vera nicht bestrafen, was ging es ihn an. Unbelehrbar waren beide. Er funkelte seine Mutter an. War klar, dass sie die Situation nicht regeln würde. Es wäre am besten, wenn er gleich selbst losginge. Dann würden Lars Eltern gar nicht erst einen Aufstand machen … hoffentlich. Als Erich gegangen war, hob Minna Vera hoch und trug sie in die Küche. Dort setzte sie sie auf einen Hocker und fing an das Blut aus ihrem Gesicht zu wischen.

»Mama, darf ich dich was fragen?«

»Klar.«

»Warum wollte Lars die Susi anzeigen und warum darf Susi nicht mehr Eislaufen und muss in eine andere Schule?«

Minna schluckte. Ihr war klar, dass ihre Tochter sie all das irgendwann fragen würde. Es gab viele Juden in der Nachbarschaft und Vera erlebte die Veränderungen jeden Tag mit. Und obwohl Minna sauer war, das grade Vera sich prügeln musste, war sie doch auch stolz, dass ihre Tochter wenigstens nicht bei allem mitmachte oder einfach noch zu sehr Kind war, um sich beeinflussen zu lassen.

»Weil es neue Gesetzte für die Juden gibt, und die Susi muss sich daranhalten. Da können wir nichts ändern Vera, so leid mir das tut.«

»Aber mit wem soll ich jetzt spielen? Und warum überhaupt?«

»Vera, ich weiß es nicht und frag nie nach dem warum. Hörst du, nie fragst du einen Lehrer oder jemand anderen außer mir nach dem warum. Die Antwort ist, weil unser Führer es will, und ich sage dir, mir gefällt das auch nicht, aber das darfst du nie sagen, ok Vera.«

»Aber ich mag doch die Susi.«

»Du musst sie einfach im Herzen behalten. Wie den Papa.«

»Bald ist da aber kein Platz mehr, wenn ich immer alle da reintun muss.«

Ihr Herz war kein großer Ort, dachte sich Vera, für wie viele da wohl Platz war?

»Ach Kind da, ist genug Platz für alle, glaub mir.«

Paris
1957

»Verstehst du Louane? Ich dachte an die Kirschblüten als Symbol für alle jungen Mädchen und die unterschiedlichen Größen, Formen und Farbverläufe der Blüten für die Einzigartigkeit einer jeder.«

»Und die dreidimensionale Darstellung als Erweiterung des Frauenbildes der alten Generation, als Neuaufbruch und Abhebung des alten.«

Fügte Louane gedankenverloren hinzu, während sie nachdenklich die vor ihr liegenden Skizzen studierte.

»Genau, aber damit wird auch eine Friedensbotschaft vermittelt. Denn die Blüten sind zwar abgehoben vom Untergrund aber nicht getrennt. Sie sind immer noch verbunden. Somit steht es für die Verbindung der alten und neuen Generationen.«

»Das ist eine schöne hintergründige Botschaft. Rebellion und Versöhnung. Wenn es nur im Leben so einfach wäre.«

Louane unterdrückte ihre Wut und die Tränen, die mit ihr kamen. Die Entwürfe von Vera trafen sie. Wie konnte gerade sie von Versöhnung mit dem Alten sprechen. Wie naiv konnte sie sein, so vor sie zu treten. Vera sah von Louanes innerer Zerrissenheit nichts außer ihren Blick, der weiterhin auf ihre Skizzen geheftet war. Sie hoffte, damit überzeugen zu könne. War das gut genug für Paris. Darüber hatte sie sich die ganze Woche, in der sie an den Ideen gearbeitet hatte, den Kopf zerbrochen. Mit Albert hatte sie versucht darüber zu reden, aber war dort nur auf Zurückweisung gestoßen. Es kränkte sie schon nicht mehr, nicht mit ihm reden zu können. Er hatte kein Verständnis für ihre Arbeit. Vielleicht musste sie sich einfach damit abfinden. Dennoch konnte sie nicht vergessen, was er im Park gesagt hatte. Vielleicht war sie nicht gut genug. Das nagte an ihrem Selbstbewusstsein.

»Wenn es nicht gut ist, dann entschuldige ich mich.«

Vera wurde unruhig. Sie spürte ihre Muskeln in den Waden zittern.

»Hör auf dich zu entschuldigen, das ist wertlos.«

Louane sah die Entwürfe und hätte es am liebsten zerrissen. Sie hielt sich grade noch zurück. Sie hätte zufrieden sein müssen. Schließlich hatte ihr Vera mehr als genützt. Louane hatte alles, was sie wollte. Vera hingegen drohten die Beine zu versagen. Wertlos hatte Louane gesagt. Das war es also. Das Urteil.

»Entschuldigung Louane.«

Vera wollte gerade ansetzen, sich dennoch für die Chance zu bedanken als Louane hochfuhr mit ihrem Blick und sie fast mit ihren eigenen Entwürfen umgehauen hätte.

»Hör auf dich zu entschuldigen, sagte ich. Ich will von dir nichts hören.«

Louane versuchte, sich zu beruhigen, doch sie brauchte endlich die Erlösung und war gewillt sie sich endlich zu nehmen. Das war ihr Moment auf Erlösung.

»Ich gebe das alles gleich rüber zu Henri, der soll es weiterleiten das wir einen geeigneten Entwurf haben und alles weitere regeln.«

Louane legte die Entwürfe in eine Mappe. Jetzt war es soweit. Veras Kopf kreiste. Waren ihre Ideen doch genug? Louane wollte sie wirklich nehmen. Ihr fiel eine Last von den Schultern, sodass sie sich wieder sicher auf ihren Beinen fühlte, die langsam aufhörten zu zittern.

»Wirklich! Ich kann mir nicht vorstellen, wie es sein wird, meine eigenen Ideen auf einem Laufsteg zu sehen.«

Vera wurde schwindlig, es ging alles so schnell und es kam ihr vor wie ein Traum, aus dem sie aber nie wieder erwachen wollte. Ihre Ideen waren genommen worden. Henri würde sie perfektionieren und sie würde sie präsentieren, ihre eigene Idee. Vera war so überwältigt, dass sie erst nach ein paar Minuten Louanes verändertes Lächeln bemerkte. Irgendwas stimmte an ihrem Gesicht nicht. Vera wurde plötzlich kalt. Louane fixierte sie und die Wärme aus ihrem Blick war verschwunden. Als Vera Louane zuhörte, wich alles Gefühl aus ihren Fingern und das Zittern kehrte wieder.

»Da muss ich dich enttäuschen Liebes. Angestellte haben weder Zutritte zu solchen Veranstaltungen, noch wird dein Name irgendwo auftauchen. Schließlich bist du meine Angestellte und als solche sind all deine Ideen mein Eigentum. Du bist ein Niemand Vera. Alles, was du erschaffst, gehört mir und ich nehme es mir und du wirst weiter unten in der Halle arbeiten und wirst nie in den Genuss kommen, auch nur irgendwas in deinem Leben zu erreichen. Ich habe es dir doch gesagt, das ist wertlos. Du bist wertlos.«

Louane nahm alle Entwürfe und steckte sie in ihren Schreibtisch. Vera zerbrach, sie entwarf all diese Modelle und sollte sie selbst nie sehen. Tränen kamen ihr in die Augen. Sie war ausgenutzt worden. Sie war naiv gewesen. Hatte sich schon auch den großen Laufstegen gesehen und hatte wichtigtuerisch damit geprahlt. Sie war nicht mehr als ein Nutzobjekt gewesen. Gefüttert mit Lob und Versprechungen, um am Ende alle Ideen aus ihr auszuschlachten. Vera drehte sich um, das war zu viel, sie wollte einfach nur nach Hause. Aber wo war das? Albert redete nicht mit ihr. Wegen all dem, was war, konnte sie jetzt nicht einfach mit ihm so tun, als wäre nichts gewesen. Sie müsste zugeben, dass sie versagt hatte. Versagt, das hatte sie. Und Albert hatte es kommen sehen und recht gehabt. Sie war ein dummes Kind. Ihre Tränen wollten nicht aufhören und je mehr sie sich schämte, je mehr Tränen kamen aus ihren Augen. Sie ging wie durch einen Schleier durch die Fabrik.

»Wo willst du hin? Der Arbeitstag endet meines Wissens nicht vor sechs.«

Louane schrie Vera hinterher. Sie hätte am liebsten laut losgelacht und geschrien.

»Seht, da läuft die kleine Deutsche, die dachte, sie könnte was. Seht sie an, wie minderwertig sie ist.«

So hatte man es mit ihr und ihrem Volk gemacht. Aber Vera so weinend und gramgebeugt und ausgenommen flüchten zu sehen, war ebenso Balsam für Louane. Vera hörte Louane nicht mehr. Sie sah auch nicht die Blicke der anderen Arbeiter. Sie schleppte sich durch die Fabrik auf die Tür zu und als die Tür hinter ihr ins Schloss viel, lächelte drinnen Louane ein seliges Lächeln. Draußen tauchte Vera in den Menschenstrom ein und achtete nicht darauf, wohin sie dieser trieb. Sie wurde einfach Teil einer dunklen einförmigen Masse. Als sie ihr Bild im Fenster der Metro betrachtete, sah es genauso verbraucht aus, wie die der anderen. Zum ersten Mal in ihrem Leben kam sich Vera wie ein Huhn vor, wie ein dummes Huhn, das freiwillig seinen Kopf auf die Schlachtbank gelegt hatte. Und das Huhn weinte.

Ostpreußen
1944

»Vera nicht so schnell du fällst noch hin!«

Minna rief nun schon zum dritten Mal Vera dazu auf, endlich langsamer zu fahren. Bei diesem Tempo würde ein Sturz ihr eine tiefe Wunde bescheren oder schlimmer noch einen Knochen brechen. Nachdem alle guten Ärzte abgezogen worden waren und nur noch die blutigen Anfänger, oder Alten, die man aus dem Ruhestand zurückgeholt hatte, da waren, wollte es Minna um jeden Preis vermeiden, in die Situation zu kommen, einen von ihnen aufsuchen zu müssen. Doch Vera machte es einem da nicht leicht. Ein wenig kannte sich Minna mit der Wundversorgung aus, schließlich war es besser, für sich selbst sorgen zu können in einem Land, das mehr und mehr am Abgrund stand, auf den es sich selbst zugesteuert hatte.

»Mama, warum schaust' so grimmig?«

Vera war an der Kreuzung stehen geblieben und wartete auf ihre Mutter.

»Grimmig, ich ach was.«

Minna winkte ab.

»Na doch, du hast doch die Stirn krausgezogen, wenn ich das mache, dann bin ich schlecht gelaunt.«

Vera stützte sich mit beiden Ellenbogen auf ihrem Fahrradlenker ab. Ihre Mutter machte immer kleine Pausen auf dem Weg nach Königsberg, mehr für sich selbst als für Vera, wie diese fand.

»Das nennt man nachdenken liebes Kind, und es würde nicht schaden, wenn du das öfter tätest, dann würdest du nicht so über die Steinpiste brettern, sondern mal langsam fahren. Hat nichts gebracht, dich heute gut anzuziehen, schau alles voller Staub und Dreck.«

Sie schimpfte noch etwas weiter, während sie Veras Rock abklopfte, doch Vera lächelte vor sich hin. Sie wusste, dass ihre Mutter nur so zum Spaß schimpfte, einfach weil das ihre Art war, so wie Vögel singen und Hunde eben bellen, so musste sie eben einfach immer mal wieder schimpfen. Das war nie gefährlich, außer, wenn sie wütend auf andere wurde, dann sollten die besser reißausnehmen. Für sie und Erich waren diese Schimpftiraden einfach das Herz ihrer Mutter, das mal wieder vor Sorgen überschwappte und dann eben schimpfte. Aber am Ende hieß es ja immer, dass sie einen lieb hatte. Darum lächelte Vera.

»Du Mama, wenn wir in Königsberg sind, gehen wir auch wieder zu Herrn und Frau Goldheim?«

Vera zog die Lippen zu einem kleinen Schmollmund und zeigte ihre kindlichen grünen Augen.

»Na das ist ja ne feine Art, gehst nur mit deiner Mutter zum Einkaufen, um Äpfel abzustauben. Feine Tochter hab ich da.«

Minna stand auf und kniff Vera in die Wange.

»Also, gehen wir?«

»Natürlich gehen wir, aber lass uns bitte erst zum Markt gehen und schauen, ob wir etwas Butter oder Milch bekommen.«

Vera und Minna fuhren noch eine knappe Stunde, ehe sie Königsberg erreichten. Vera war jedes Mal aufgeregt, wenn sie in die Stadt mitgehen durfte. Die ganzen Leute und Gerüche. Nun gut, es waren nicht immer gute Gerüche, aber immerhin mal etwas anderes als dauernd Erde, Holz und Tannennadeln. Bei ihr in daheim gab es nur die paar Häuser, 6 Straßen und 4 große

Gebäude. Die Schule mit dem Haus des Lehrers und Hausmeister dabei, das Rathaus, das vor drei Jahren aufwendig renoviert wurde und jetzt sogar Säulen am Eingang hatte, übertrieben fand Vera, wo ihr eigenes Haus doch nur eine Stube und zwei Zimmerchen unter dem Dach hatte. Dann gab es daneben noch ein Parteihaus und das Jugendhaus. Die beiden Häuser waren die jüngsten im Ort. Vera mochte keines von ihnen. Im Jugendhaus trafen sich die Mädchen und Jungen zum BDM und HJ-Treffen. Vera hasste diese Treffen. Einmal mussten sie am Geburtstag des Führers ewig lang auf dem Vorplatz stehen und die Hand zum Gruß heben, dabei war er nicht mal da der Führer. Als ihr die ganze Sache zu doof wurde, hatte sie den Arm einfach runtergenommen. Das hatte Strafe gesetzt. Vera fand auch die Kinder dort blöd und weil das so war, mochte sie auch das Parteihaus der Erwachsenen nicht. Das war wie eben das Jugendhaus nur halt für Erwachsene. Ihren Papa hatte sie mal gefragt, warum er da nicht hinging. Er hatte nur gemeint, dass man sich nirgendwo aufhalten sollte, wo freies Denken, Liebe und Anstand Fremdwörter waren und nur Dummheit, Hass und Nachahmung existierten. Vera hatte keine Ahnung, was die meisten Wörter im Einzelnen bedeuteten, aber sie verstand, was Dummheit und Hass waren und eben, weil sie das verstand, mied sie alle Menschen, die sich dort aufhielten. Hier in Königsberg gab es auch Partei- und Jugendhäuser aber auch Museen, große Anwesen, Parks, einen Dom, die Universität und natürlich das Schloss. Für Vera waren es aber die vielen Läden, die sie in ihren Bann zogen. Es wurde zwar immer weniger, was an Waren angeboten wurde, aber dennoch war es so viel für ihre Augen.

»Vera, bleib da, nicht das du mir hier verloren gehst.«

Minna zog Vera am Ärmel näher zu sich ran. Sie mochte die Stadt nicht und war froh, sie am Abend wieder verlassen zu können. Städte waren gefährlich. Zu viele Menschen, zu viele Ohren, zu viele Ziele für Feinde. Sie fühlte sich hier wie ein Schaf unter Wölfen, die von anderen Wölfen gejagt wurden. Hauptsache man wurde von den Wölfen als Gleichgesinnte angesehen, dann kam man heil wieder da raus.

»Sind wir bald fertig, ich will endlich zu … «

Minna schlug Vera schnell mit der Hand vor den Mund. Hektisch sah sie sich um. Nein, zum Glück hatte sie Vera rechtzeitig gestoppt. Keiner durfte wissen, dass sie noch zu den Goldheims gingen. Sie schob sich und Vera schnell in eine der Seitenstraßen.

»Herr Gott Vera!«

»Entschuldige, ich hab's vergessen.«

Vera wusste, dass sie hier nicht reden durfte, und schon gar nicht über Juden. Es war verboten, Juden zu kennen. Aber sie kannte doch so viele, da war es schwer, nicht über sie zu reden.

»Ist ja nichts passiert, aber du darfst nie vergessen, das ist ein Geheimnis, ok. Du darfst niemals sagen, wen wir besuchen, wo wir die Äpfel und das Obst herhaben oder … «

»Oder irgendetwas darüber sagen, dass wir unser Essen mit Juden teilen und ihnen helfen. Ich weiß Mama.«

Vera kannte ihr Versprechen und sie hielt sich dran. Sie fand es toll, ein Geheimnis zu haben.

»Komm, lass uns gehen und dir einen Apfel holen.«

Minna strich ihrer Tochter durchs Haar. Sie vertraute ihrer Tochter. Sie würde nie etwas sagen. Aber was blieb ihr auch anderes. Sie und Fritz hatten oft zusammengesessen und darüber beraten, wie viel sie ihren Kindern erzählen konnten. Fritz wollte ihnen nichts vormachen und sagte viel zu offenherzig, was er von der Partei hielt. Am Ende hatte es ihn von seinem Sohn entfremdet. Bei seinem letzten Besuch hatten er und Erich kaum ein Wort gewechselt. Minna mochte kaum daran denken, dass sie so auseinandergegangen waren. Würde Vera sie auch irgendwann so ansehen wie Erich seinen Vater? Würde sie auch den Parolen folgen? Wenn Minna ihre Vera jetzt so ansah, dann konnte sie das nicht glauben. Doch wer hätte das vor ein paar Jahren von dem schmächtigen Erich gedacht. Er hatte sie und Fritz nie verraten. Hatte Stillschweigen bewahrt, aber wie lange würde er das noch tun? Wie lange wäre ihre Vera noch ein Kind? Ihr Kind? Vera nahm die Hand ihrer Mutter und sie gingen durch viele Seitenstraßen um den Markt herum, bis an dessen Ende. Dort bogen sie nach links ab. Vera ließ die Hand ihrer Mutter los. Ab hier kannte sie den Weg. Sie hüpfte über das Kopfsteinpflaster. Da vorne an der Laterne und dem gelben Haus noch einmal rechts dann würde sie das altbekannte Schild sehen, und schnell durch die Tür huschen und drinnen würde sie ein Duft aus aller Welt empfangen und die warmen Arme von Frau Goldheim, die ihr dann ein Stück vom besten Apfel der Welt abschneiden würde. Sie rannte, sie flog durch die Straßen. An der Ecke schwang sie sich mit einem Arm um die Laterne und zog sich mit Schwung herum. Da blieb sie stehen. Sie stand einfach da und sah zu dem Haus, wo ein Schild hätte sein sollen und eine offene Tür. Doch da war nichts davon.

Paris
1957

»Welches soll ich anziehen, das Gelbe oder das Grüne?«

Vera stand im Schlafzimmer. Sie hatte Albert nichts von Louane und dem Verrat erzählt. Sie wusste, dass er auf ihrer Seite stand, aber nur weil er Louane verachtete. Zugeben würde er das nicht, aber er sah in Louane den Grund, warum Vera das Kinderthema nie wieder angesprochen hatte. Sie wollte mit ihm jetzt nicht darüber reden. Herr Reglitz, Alberts Chef hatte sich überraschend aus Deutschland angekündet. Obwohl Vera heute nicht nach Gesellschaft zumute war, wusste sie, wie wichtig das für Albert war und sie wollte ihn nicht enttäuschen. Es gab als Ehefrau nun mal Dinge, die von ihr verlangt wurden. Ihren Ehemann bei Geschäftsessen begleiten, war eine davon und dabei gut auszusehen war eine Selbstverständlichkeit für Vera. Sie würde in all ihren Kleidern gut aussehen, dennoch wollte sie Albert das Gefühl geben, an ihrer Schönheit beteiligt zu sein. Also bezog sie ihn gerne in solchen Fragen mit ein. So viel zur emanzipierten Frau, dachte sie bei sich.

»Das Gelbe, mein Kätzchen.«

Albert kam zu ihr und betrachtete sie vor dem Spiegel.

»In dem Gelben strahlst du so schön.«

Manchmal konnte er es nicht fassen, dass diese junge schöne Frau seine Frau war. Natürlich sah er auch nicht schlecht aus. Er war hochgewachsen, hatte ein sanftes Gesicht und war von Charakter her immer ein Gentleman. Seine Mutter hatte ihm immer Respekt vor Frauen gelehrt. Aber das wäre bei Vera nicht notwendig gewesen. Mit ihrem Mundwerk und ihrem Lächeln respektierte sie jeder Mann dieser Welt. Sie war sanft und bissig zugleich. Darum nannte er sie gern liebevoll sein Kätzchen. Er trat hinter Vera und küsste ihren Nacken.

»Vielleicht kommen wir ja heute etwas zu spät.«

Neckte Vera ihren Mann. Was war schon die Emanzipation wert, wenn hier ein Mann war, der sie einfach liebte? Hier brauchte sie keine Mode, um etwas darzustellen, hier genügte sie allein. Nach der Zurückweisung und der Trauer, empfand Vera es als heilend und tröstend, Albert hinter sich zu wissen. Wenn alles gegen einen stand, auf wen konnte sie sich verlassen? Auf ihren Albert.

»Mh, es ist ja auch schwierig, sich als Frau zu entscheiden, welches Kleid man anziehen soll, das kann ja auch mal dauern.«

Albert ließ sich gerne auf das kleine Spielchen zwischen ihnen ein. Er küsste sie weiter, denn er spürte, dass Vera dies wollte und heute auch brauchte.

»Und dann erst die Haare und die Schuhe.«

Vera knotete die Haare zusammen und ließ dabei das Kleid zu Boden fallen. Es kostete sie Mut, diesen Schritt zu gehen. Auf der Arbeit war sie mutig gewesen und hatte die Herausforderung angenommen, warum sollte sie hier nicht mutig sein? Bisher hatte sie sich immer gescheut. Doch heute brauchte sie diese Nähe, sie sehnte sich danach und nach dem Gefühl, nicht wertlos zu sein. Sie wollte diese Worte vergessen, das Gegenteil bewiesen sehen.

»So gefällst du mir am besten.«

Albert konnte sich von dem Bild im Spiegel nicht loseisen. Seit ihrer Hochzeitsnacht hatte er Vera nicht mehr vollständig nackt gesehen. Sie hatten es vermieden, sich beizuliegen, sie wollten ja noch keine Kinder. Und Albert hatte angenommen, dass Vera trotz ihres Gespräches nicht interessiert war, das zu ändern. Und dennoch schaute sie ihn jetzt herausfordernd über die Schulter hinweg an.

»Ach ja, mh und willst du mir nicht zeigen, wie begeistert du bist.«

Die Blicke von Albert bestätigten Vera mehr, doch es reichte ihr nicht. Sie wollte alles.

»Ganz Paris wird hören, wie begeistert ich bin.«

Er drehte sie um und sie küssten sich.

»Verzeihen Sie die Verspätung Herr Reglitz, meine Haare waren heute einfach eine Katastrophe, die Metro tut ihren Rest dazu und man sieht aus wie durchgeweht.«

Vera begrüßte Alberts Boss wie immer mit einem festen Handschlag. Sie hielt nichts davon zu knicksen oder dergleichen. Also tat sie es schon immer den Männern gleich. Herr Reglitz hatte schon immer eine Schwäche für sie gehabt und darum verzieh er ihr immer diese kleine Grobheit.

»Keine Ursache Frau Krum, Sie sind eine Augenweide für jeden und wenn ich das sagen darf, grade heute strahlen sie besonders.«

Vera errötete, ihr war es peinlich, dass man ihr das Liebesspiel mit Albert vielleicht ansehen konnte, darum bemühte sie sich schnell das Thema zu wechseln.

»Wie geht es Ihrer Frau?«

»Sehr gut, sehr gut sie lässt Grüße ausrichten und wartet schon sehnsüchtig auf Ihre Rückkehr.«

Herr Reglitz hatte die Krums nach Vertragsunterzeichnung für Paris zu sich zum Essen eingeladen und seine Frau Inge und Vera waren sofort voneinander angetan und verkehrten danach auch außerhalb des Geschäfts öfter miteinander.

»Albert, wie ich sehe, haben Sie und Ihre Frau sich hier mehr als gut eingelebt. Ich bin nicht nur von Ihrer Frau begeistert, sondern auch von den Zahlen, alles im schwarzen Bereich. Darauf lasst uns heute trinken. Auf die Zahlen und die Schönheit!«

Es wurde angestoßen und Albert und Vera tranken das ein oder andere Glas mehr als sonst. Vera fühlte sich glücklich. Sie hatte ihren Platz wiedergefunden. Sie gehörte an die Seite ihres Mannes und nicht in irgendein Atelier oder Gala, sie würde weiterarbeiten wie bisher, aber nun nicht mehr ihre Pflichten als Ehefrau vernachlässigen. Denn das wollte sie doch all die Jahre sein. Seine Frau. Sie war frei und er ließ sie machen und tun, warum sich dann noch gegen diese kleinen Zwänge wehren?

»Das war doch ein gelungener Abend.«

Albert hakte Vera bei sich unter. Sie hatten nach dem Essen beschlossen, noch einen Spaziergang zu machen und so schlenderten sie zusammen mit anderen Paaren an der Seine entlang. Auf dem Fluss trieben kleine Schiffe und jedes Paar schien so selig und glücklich mit der Welt. Vera blickte zu den tanzenden Lichtern, die sich im Wasser spiegelten. Das Wasser hier war weich. Nicht tief und dunkel. Lichter tanzten auf seiner Oberfläche und verliebte Menschen schauten auf es hinunter. Sie mochte selbst das Wasser von Paris. Paris war nicht die Stadt der Liebe, weil sich alle hier verliebten, sondern weil alle sich in Paris verliebten. Vera erinnerte sich, dass es auch ihr so ergangen war.

»Ja, Liebster, das war es, du kannst bestimmt auf eine Beförderung hoffen.«

Vera war stolz auf ihren Mann. Er führte die Geschäfte gut, und in Deutschland fand sein Erfolg Anklang. Bestimmt durfte er hoffen, weiter als Auslandsvertreter arbeiten zu dürfen. So könnte sie weiter in ihrem geliebten Paris bleiben.

»Das habe ich, wenn dann auch dir zu verdanken, Herr Reglitz ist ein kritischer Mann und er achtet dich ebenso wie mich.«

Er führte Vera zurück zum Hotel und während sie die Treppen hochstiegen, fühlte er sich zu Hause. Die Zerstreutheit von Vera war wie weggeblasen und sie wirkte endlich wieder zufrieden. Er war froh über diese Wendung. Wie man Maschinen repariert, wusste er, aber wie man Menschen und Beziehungen repariert, war ihm fremd. Darum war er froh, dass sich die Dinge nun von selbst zu regeln schienen. Zum ersten Mal seit ihrer Zeit in Paris schliefen sie nicht nur im selben Zimmer, sondern auch im selben Bett ein.

Ostpreußen
1944

»Nein!«

Minna kam hinter Vera um die Ecke und wäre beinahe in sie hineingelaufen. Auch sie blieb stehen. Und mehr als ein Wort brachte sie nicht heraus.

»Nein, jetzt haben sie die auch geholt!«

Minna ging an Vera vorbei auf das Haus zu. Die Fenster waren eingeschlagen. Keiner hatte die Scherben weggeräumt, sie lagen wie zerbrochene Spiegel am Boden. Diese Scherben hatten das Pech und das Unglück mitgebracht als sie zu Boden fielen. Die Tür hatte man erst zerschlagen und dann mit einem Brett versehen, auf dem in roter Schrift »Judendreck« stand. Vera beobachtete wie ihre Mutter um das Haus herumging. Als sie nicht wiederkam, ging ihr Vera nach. Sie musste auf Zehenspitzen gehen, um nicht in eine Scherbe zu treten. Im Hinterhof fand sie ihre Mutter auch nicht. Vera bekam Angst. Sie ging zur Hintertür und schaute hinein.

»Mama?«

Vera traute sich nicht, laut zu rufen, also flüsterte sie. Keine Antwort.

»MAMA!«

Diesmal rief Vera lauter. Sie ging in das Hinterzimmer hinein und fand ihre Mutter einen Raum weiter, der wohl mal ein Schlafzimmer gewesen war. Die Decken lagen aufgerissen da. Der Schrank war mehr Kleinholz als Schrank und die Bilder lagen auf dem Boden. Ihre Mutter saß auf dem Bettrand und weinte.

»Mama?«

Vera stand in der Tür und wusste nicht, was sie tun sollte.

»Nein, nicht sie, nein nicht sie. Jetzt haben sie die auch geholt.«

Mehr sagte ihre Mutter nicht, nur leise Tränen rollten über ihre Wangen. Wenn Eltern weinen, ist die Welt verkehrt, dachte sich Vera. Denn wenn Kinder weinen, trösten die Eltern sie, aber was machen Kinder, wenn Eltern weinen? Diese Frage konnte sich Vera nicht beantworten. Sie blickte ihre Mutter an und wieder schien sie etwas geschrumpft zu sein. Vielleicht werden Kinder durch jedes Trösten, jedes gute Wort ihrer Eltern größer und später, wenn keiner mehr da ist, der sie tröstet, werden sie wieder mit jeder traurigen Nachricht und Erlebnis wieder kleiner. Bis sie im Alter wieder klein sind. Vera dachte an die alten Frauen in Heiligenbeil. Sie alle waren klein. Vielleicht war etwas Wahres dran.

»Mama…«

»Schon gut Liebes, lass uns schnell verschwinden … «

»Nein Mama, ich wollte dir nur sagen, dass ich dich liebhabe. Ich verstehe das hier nicht, aber ich verstehe, dass du traurig bist. Ich habe dich lieb.«

Vera ging zu ihrer Mutter und umarmte sie. Minna schloss sie in die Arme und weinte stille Tränen auf Veras Schulter.

Auf dem Weg nach Hause hielt Minna an.

»Vera, was du heute gesehen hast.«

»Ich weiß.«

Und ja sie wusste es, sie hatte ein neues Geheimnis, eines über Scherben, die Pech gebracht hatten und Tränen, die nicht gesehen werden durften. Von der Seite sah Vera ihre Mutter an und sie wirkte wieder größer. Vielleicht war etwas Wahres dran. An diesem Tag verließen Vera und Minna Königsberg ein letztes Mal.

Paris
1957

Sie nähte einen Knopf nach dem anderen an die Jacke, wenn sie fertig war, schlug sie die Nadel nach oben und brachte die Jacke nach hinten. So arbeitete Vera schon seit dem frühen Morgen. Sie hatte sich fest vorgenommen, Louane zu ignorieren. In der Nacht hatte sie sich überlegt, nicht zur Arbeit zu gehen, doch das ging nicht an. Schließlich war sie angestellt und es war ihre eigene Dummheit gewesen, sich so ausnutzen zu lassen. Sie wollte Madame nicht den Triumph gönnen, also stand sie morgens als Erste vor der Tür und arbeitete im Akkord an der Nähmaschine. Louane hatte sie zwar bemerkt, war aber nicht auf sie zu gekommen. Gut so, dachte Vera. Am Abend ging Vera als Letzte. Sie war erschöpft. Den ganzen Tag musste sie ihre Gedanken verdrängen, hatte nur an die Arbeit gedacht. Doch jetzt strömte alles wieder auf sie ein. Ihre Ideen, ihre ganze Arbeit, Louane, die sie benutzt hatte. Alles war schiefgelaufen. Dass sie heute über 400 Knöpfe angenäht hatte, und damit schneller war als all ihre Kollegen, tröstete sie nicht. Heute wollte sie nicht mit der Metro nach Hause fahren, also nahm sie den Fußweg. Vor Notre Dame blieb sie stehen.

»Ich habe Mama versprochen, sonntags zur Kirche zu gehen.«

Vera wurde sich bewusst, dass sie dieses Versprechen noch nie gehalten hatte, und fühlte sich schuldig. Ihre Familie war nie sehr gläubig gewesen, aber ihre Mutter ging jeden Sonntag dennoch in die Kirche. Vielleicht bat sie Gott, auf ihren Vater aufzupassen. Und Vera wusste, dass sie nun, seit sie auch weg war, auch in den Gebeten ihrer Mutter war. Wie imposant diese Kirche aussah. Es war nicht zu ergründen, ob es Gott war, oder etwas anderes, aber hinter den Mauern dieser Kirche herrschten andere Kräfte, galt ein anderes Maß an Zeit. Diese Kräfte ließen einen in sich hineinhören und sich selbst wieder hören. Im Herzen dieser Stadt war dieser Ort genau richtig. Hier im Herzen von Paris konnte man sich selbst wieder hören und den Rest der Stadt aus sich selbst, aus seinen Gedanken und Ohren verbannen. Vielleicht würde sie dort drinnen Antworten finden. Vielleicht konnte sie dort endlich wieder klarsehen und wieder festen Halt bekommen, wo ihre Welt doch grade so schwankte. In der Kirche war es kühl. Der Marmor klirrte unter ihren Absätzen. Das laute Geräusch war ihr unangenehm und so setzte sie sich schnell in eine der hinteren Bänke. Das Licht fiel durch die Rosettenfenster und warf so bunte Muster an die Säulen und Wände. Vera verfolgte die Formen und verlor sich kurz in den Farben, die wie kleine Regenbögen über die Säulen wanderten. Am Ende eines Regenbogens stand ein Topf voll Gold. Ihr Vater hatte ihr immer diese Geschichte erzählt, wenn sie einen Regenbogen gesehen hatte.

»Du musst nur mutig und stark genug sein, bis zum Ende zu gehen.«

Hatte ihr Vater einmal gesagt. Eine Zeitlang saß Vera in der Bank und dachte über Regenbögen und den Topf voll Gold nach. Sie dachte nicht oft an ihren Vater. Sie erinnerte sich nur noch an ihn in Uniform. Nach dem Krieg hatten sie nie wieder über ihn gesprochen. Sie wusste, dass ihre Mutter über das Rote Kreuz nach ihm gesucht hatte, um zumindest zu wissen, wo er begraben worden war. Doch sie hatten nie eine Antwort erhalten und so wurde er nie wieder erwähnt. Komisch, dass sie jetzt an ihn denken musste. Ob es ihrer Mutter in ihrer Kirche zu Hause ähnlich ging? Ob sie nur dort die traurigen Gedanken an ihn ertragen konnte?

»Ach Papa, wenn du da wärst, könntest du mir helfen.«

Vera überkam plötzlich eine Traurigkeit und sie vermisste ihre Mutter, Erich und sie spürten, wie sehr sie ihren Vater vermisste. Den sie nie richtig gekannt hatte, aber der ihr doch bestimmt so viel erzählt hatte, dem sie gerne so viele Fragen gestellt hätte und das Einzige, an was sie sich erinnert, war ein Topf voll Gold unter einem Regenbogen. Ein Märchen als Erinnerung. Vera blieb noch eine Weile in der Bank sitzen. Dankbar gab sie sich der Stille hin. Warum geschahen diese Dinge? Warum wurden ihr ihre Träume entrissen, warum musste sie mit Albert um ihren Platz in dieser Ehe kämpfen? Sie erhielt keine Antwort auf die Fragen, doch sie fand das Vertrauen, dass die Antworten in ihr liegen mussten. Mit dieser Gewissheit machte sie sich auf den Heimweg. Zu Hause angekommen schälte sie sich aus ihrem Mantel und den Schuhen.

»Du kommst heute spät, war alles in Ordnung, ich fing schon an mir Sorgen zu machen.«

Albert schaute von seiner Zeitung auf.

»Alles in Ordnung, ich hab mir nur etwas die Beine vertreten nach dem langen Sitzen.«

Vera war nicht in der Stimmung, Albert heute von ihrem Reinfall mit den Entwürfen zu erzählen, am besten wäre es, das Thema einfach in Vergessenheit geraten zu lassen. Erschöpft ließ sie sich in den Sessel fallen, das weiche Leder gab unter ihr nach und sie sank wohlwollend in ihre schon eingesessene Sitzfläche.

»Dann ist ja gut, ach ja, bevor ich es vergesse, der Portiere hat einen Brief für dich abgegeben. Ich habe nicht genau nachgesehen, aber ich denke, er wird von deiner Mutter sein. Sie will bestimmt wieder wissen, ob ich dir ja auch ein gutes Leben biete, oder ob du hier unter Müllsäcken leben und auf dem Boden schlafen musst!«

Albert verzog das Gesicht. Es war schon ein Klischee, dass er seine Schwiegermutter nicht mochte, aber das beruhte auf Gegenseitigkeit. Egal, was er tat, sagte oder nicht tat, Minna fand immer ein Haar in der Suppe. Und selbst hier war er nicht vor ihr sicher. Seine Freunde hatten ihn belächelt für das Los seiner Schwiegermutter, aber er hatte sich immer gesagt, dass er ja mit Vera verheiratet war und nicht mit ihrer Mutter. Die Realität war dann doch eher ernüchternd gewesen. Minna konnte sich bei keiner einzigen Sache raushalten und funkte ihm regelmäßig dazwischen. Er warf einen bösen Blick auf den Umschlag, als Vera ihn von der Anrichte zu sich holte. Mal sehen, was sie diesmal an ihm auszusetzen hätte.

»Herr Gott Albert, meine Mutter ist zwar eigen, aber bei weitem nicht das Schreckgespenst, was du aus ihr machst. Und außerdem geht's nicht immer um dich. Bisher habe ich noch nicht ein Wort über dich gelesen. Also halt die Luft an und sei friedlich.«

Albert schnaubte. Das wäre das erste Mal das Minna ihn einfach davonkommen ließ, ohne etwas als Kommentar hinterherzuschieben. Besser nicht hinhören und weiterlesen. Albert vertiefte sich gerade wieder in den Bericht, als er von Vera lauthals unterbrochen wurde.

»Ansehnlicher!!!«

Vera hielt ihm den Brief ihrer Mutter vor die Nase. So dicht, dass das Papier direkt vor seinen Augen umherflatterte und er unmöglich etwas erkennen konnte.

»Sieh dir das an, sieh dir das an. Ich glaube, jetzt ist sie völlig übergeschnappt, schau doch.«

»Wenn du das Ding mal aus meinem Gesicht nimmst und mir in die Hand gibst, dann schau ich es mir auch an. Aber hör damit auf, das macht einen ja verrückt.«

Albert hob die Hände und versuchte, den Brief aus seinem Sichtfeld zu bekommen. Schließlich bekam er ihn zu fassen und konnte ihn endlich aus Veras Händen befreien. Diese war anscheinend sehr aufgebracht und lief stampfend und schnaubend vor dem Fenster auf und ab.

»Na sag schon, wie findest du das?«

»Moment ich bin noch nicht so weit, dass ich wüsste, was dich so wütend macht.«

Albert las den Brief. Veras Mutter schrieb von Inge und ihrem Kind, richtete Grüße aus und beschwor schon ihr erstes eigenes Enkelkind herauf, um das sie sich dann kümmern könnte. Albert las den Brief zum zweiten Mal. Doch er fand nichts, was ihn Veras Wutausbruch verstehen ließ. Vera stand mit verschränkten Armen vor ihm und wartete auf eine Antwort. Wieso Albert so lange brauchte, brachte sie noch mehr auf. Nervös tippte sie mit den Fingern auf ihren Armen.

»Na was, hast du es gelesen?«

»Ja, ich habe alles gelesen, aber ich glaube, wir haben beide einen anderen Brief gelesen. Ich wüsste jetzt nichts, was dich so aufbringen könnte, Vera, tut mir leid.«

Vera knurrte und griff nach dem Brief. Grob riss sie ihn Albert aus der Hand.

»Hör dir das an, meine Mutter denkt wirklich, es wäre ansehnlicher für mich als Hausfrau zu enden, als zu arbeiten! Wo gibt es denn sowas. Ich bin doch genauso viel wert wie ein Mann. Und arbeiten kann ich wie zwei Männer, wenn es sein muss. Und das auch noch. Schau: Sie schreibt, dass ich ja dann wieder nach Hause komme. Als könnte man ein Kind hier nicht großziehen.«

Vera war aufgebracht. Ihre Mutter schrieb doch tatsächlich selbstverständlich das sie ja auch bald Großmutter werden würde und sich dann um sie und ihr Enkelkind kümmern würde. Dass sie Vera dann bei den Hausarbeiten unterstützen könnte und dass sie froh wäre, wenn ihre Tochter einer ansehnlichen für sie vorgesehene Aufgabe in ihrem Leben nachgehen würde. Natürlich wollte sie, dass ihre Mutter sich über ein Enkelkind freute, doch sie wollte nicht entmündigt werden und anscheinend hielt ihre Mutter ihr jetziges Leben für mehr als unansehnlich.

»Aber Liebste, findest du das alles so falsch, was deine Mutter schreibt?«

Albert wollte sich zwar nicht auf Minnas Seite stellen, aber sie vertrat zumindest in dieser Hinsicht doch auch seine Ansichten.

»Findest du etwa auch, dass meine Arbeit ein schlechtes Licht auf uns wirft! Findest du es besser, wenn ich eine Schürze trage und daheim das Essen koche. Sag schon Albert, ist es das, was du willst?«

In ihren Augen brannte nun die Wut. Was erlaubten sie sich alle! Sie war doch nicht auf der Welt, um zu kochen und Wäsche zu stärken und nicht mehr selbst zu existieren.

»Nein, so habe ich das nicht gemeint, ich verstehe, dass es dir wichtig ist, zu arbeiten und selbstständig zu sein. Aber schau mal. Es sieht so aus, als könnte ich uns kein besseres Leben leisten und als wärst du gezwungen zu arbeiten. Und ja, ich fände es schön, Kinder zu haben und dass die immer gut versorgt sind. Natürlich müsstest du dann zu Hause bleiben. Und was ist daran falsch, Hilfe zu haben? Du siehst die Dinge immer nur aus deiner Sicht. Bitte Vera, zum Erwachsensein muss man auch mal auf andere schauen.«

Albert wusste, dass er grade alles falsch machte. Aber er wollte in diesen Punkten auch nicht nachgiebig sein. So war es nun mal. Auf der Arbeit zogen sie ihn auch schon auf, dass seine Frau sich bei der Arbeit schmutzig machen würde. Und er würde sich wohler fühlen, seine Frau und Kinder in Sippersfeld zu wissen als auf den Straßen einer Großstadt! Und es lag nicht daran, dass er Vera nicht alles im Leben wünschte, doch so, wie sie sich die Welt vorstellte, war sie nun mal nicht.

»Seit wann kümmert dich, was andere sagen. Sollen sie doch denken. Ich bin zu nichts gezwungen und wenn du und meine Mutter denkt, ihr könnten mich in ein Dorf einsperren, dann irrt ihr euch.«

Für Vera war nun endgültig das Maß aller Dinge voll.

»Ich sag dir was, mein Lieber. Ich bin frei und ich gehöre niemanden und bin, wer ich sein will.«

Sie griff ihren Mantel, schnallte den Riemen ihrer Schuhe zu und zum zweiten Mal stürmte Vera aus einer Tür. Ziellos war Vera in eine U-Bahn gestiegen. Sie hatte nicht darauf geachtet, welche Linie sie genommen hatte. Die Menschen hatten sie mit sich getragen. Genauso fühlte sie sich. Gegen ihren Willen bewegte sich die Welt. Sie stemmte sich dagegen, schlug um sich, versuchte sich auszugraben, aber immer wieder drückte die Welt sie nieder und schob sie durch das Leben. Doch Vera wollte nicht mehr. Sie fuhr Station um Station, ohne auszusteigen. Die Lichter des Tunnels wechselten sich im Fenster mit der Dunkelheit ab. So war es: Nach Licht kam Schatten. Doch Vera wollte sich diesem Muster nicht mehr fügen. Sie wollte Licht, ertrug das Dunkel nicht mehr. Atemlos von ihren eignen Gedanken und dem Druck auf ihr stolperte sie an der nächsten Station nach draußen und nahm die Treppe nach oben. Sie blickte sich kurz um. Doch als sie rechts von sich die bekannte Silhouette sah, löste sich ihre Orientierungslosigkeit auf. Nach einem kurzen Fußmarsch über die Brücke ließ sich Vera an der Rückseite von Notre Dame ins Gras fallen.

»So sehen wir uns heute schon zum zweiten Mal, was.«

Vera blickte hoch zu den Rundbögen und erschrak kurz, als eine Gruppe von Enten hinter ihr sich bemerkbar machte. Die Enten stürzten sich wild auf ein paar Brotkrumen. Ihre ganze Welt drehte sich nur um die paar Brocken. Vera blickte auf die schnatternden Vögel. Geifernd gingen sie wegen jedes Bröckchens auf sich los. Eine Ente im Hintergrund hielt sich aus dem Geschehen raus und ging leer aus.

»Na du, wir zwei bekommen wohl beide nicht das, was wir wollen. Naja, bei dir ist es ja nur Brot, was du nicht bekommst und nicht eine Karriere und ein Leben.«

Die Ente blieb bis zum Schluss im Hintergrund stehen und als die anderen davon watschelten, um sich neue Futterplätze zu suchen, blickte die Ente auf den jetzt leeren Fleck im Gras. Vera hatte Mitleid mit der Ente. So war es unter Tieren und bei den Menschen. Die einen bekamen alles, die anderen gingen leer aus. In ihrem Inneren kochte es. Sie wusste, dass es kindisch und auch sinnlos war, Albert einfach so davon zu laufen. Das auch er nicht einsah, dass sie diese Ketten einfach nicht ertrug, zumindest nicht, wenn sie ihr von anderen übergeworfen wurden, kränkte sie. Was konnte sie schon tun. Sie hatte es versucht. Sie war nach Paris gegangen, hatte versucht, Karriere zu machen, zumindest konnte sie sagen, dass sie es versucht hatte. Der Gedanke brachte ihr keinen Trost. Es war wie der Trostpreis fürs Mitmachen bei einem Wettkampf. Aber in ihrem eigenen Leben wollte Vera einfach keinen Trostpreis. Rampenlicht, Hauptrolle das war es, was sie wollte.

»Ach hättest du mir nur geholfen.«

Vera blickt die Bögen entlang über das Dach der Kirche. Sie wusste nicht, ob sie mit Gott oder ihrem Vater sprach.

»Du hättest mir etwas sagen können, was mir hilft.«

Sie schloss die Augen und erinnerte sich an das Ergebnis mit ihrem Vater und dem Regenbogen, was ihr in der Kirche wieder bewusst geworden war. Zumindest diese Erinnerung hatte sie bekommen.

Ostpreußen
1941

»Schau Vera, ein Regenbogen.«

Ihr Vater hatte sie Huckepack genommen und spazierte mit ihr über die Felder hinter ihrem Haus.

»Ja Papa, schau mal wie viele Farben der hat.«

Vera jauchzte vor Freude.

»In einem Regenbogen findest du alle Farben. Er entsteht nur bei dem richtigen Licht. Die schönsten Dinge sieht man nur im richtigen Licht. Und weißt du was am Ende von einem Regenbogen versteckt ist?«

»Nein was denn, Papa?«

Vera wuschelte durch das Haar ihres Papas. Es duftete wie der Wald, nach Blättern und Tannennadeln. Sie fand es lustig, ihm damit lustige Frisuren zu machen.

»Ein Topf voll Gold.«

»Oh wie toll, los Papa wir holen uns den Topf voll Gold.«

Vera klopfte begeistert auf seinen Kopf. Fritz lachte und hob seine Tochter runter. Sie war schon fast sechs Jahre alt. Wie die Zeit verging. Er liebte seine Tochter. Sie sah ihm ähnlich. Sie hatte seine Augen und die Nase. Ja sie hatten die gleiche Stupsnase.

»Das geht nicht so einfach, meine kleine Vera. Um an den Topf voll Gold zu kommen, musst du mutig und stark sein.«

Er wuschelte ihr durch das blonde Haar.

»Ich bin mutig und ich bin genauso stark wie Erich.«

Vera stapfte trotzig mit dem Fuß auf. Ja das konnte sie gut. Sturkopf, dachte Fritz so bei sich. Aber das würde sie brauchen. Einen starken Kopf.

»Nun, du musst aber die Mutigste und Stärkste überhaupt sein, um den Topf zu erreichen.«

»Dann werde ich die Mutigste und Stärkste werden, Papa.«

Vera streckte entschlossen das Kinn in die Höhe und stemmte ihre Hände in die Hüften.

»Ja das ist gut Vera und wenn du die Stärkste und Mutigste geworden bist, dann holst du den Topf versprochen?«

Er hielt Vera die Hand hin und sie schlug ein.

Paris
1957

Vera schlug die Augen auf.

»Papa, ich vermiss dich so.«

Vera versuchte, sich zusammenzureißen, aber es gelang ihr nicht.

»Warum bist du weg? Warum bist du nicht wiedergekommen? Du hast es doch versprochen. Ich brauche dich, Mama braucht dich. Ich weiß nicht, was ich tun soll. Ich habe das Gefühl, dass jeder Schritt für mich gemacht wird und ich nicht anhalten, nicht abbiegen kann. Bitte Papa komm zurück und sag mir, was ich tun kann!«

Vera schlug die Hände vor ihr Gesicht. Es tat einfach zu weh. All die Jahre hatte sie es ignoriert, die Gedanken nicht zugelassen, doch jetzt brauchte sie ihren Vater, den vertrauten Duft, seine Umarmung und seine tiefe Stimme, die ihr sagen würde, was sie tun sollte. Aber da war keine Stimme nur diese Erinnerung. Vera sah ihren Vater vor sich.

»Du musst die Mutigste und Stärkste von allen sein!«

Das hatte sie ihm versprochen und er, dass er zurückkommen würde. Keiner von ihnen hatte sein Versprechen gehalten. Sie war nicht mutig. Ja, sie war es gewesen, als sie hierher ging, nach Paris. Aber danach nicht mehr. Stark war sie auch nicht, wäre sie das, würde sie Louane klar sagen, dass sie ihren Entwurf nicht behalten durfte, es sei denn, sie selbst würde ihn ausarbeiten und vorführen und Albert würde sie deutlich sagen, wie diese Ehe aussehen würde und dass sie diese mitgestalten würde, und zwar mit ihren Vorstellungen und ihrer Meinung, und zwar selbstständig ohne Rücksicht auf die Meinung anderer. Das würde es bedeuten, ihr Versprechen zu halten. Doch sie saß hier hilflos und weinend im Gras. Doch was sollte sie auch anderes tun. Unmöglich konnte sie so sein. Oder? Sie war schon oft tapfer gewesen, oft auch mutig und auch stark. Jetzt musste sie es nur noch mehr sein. Vera fasste sich ein Herz und stand auf.

»Na gut, wenn es sein muss, dann muss es sein. Wenn ich verlieren soll am Ende, gut, aber noch bin ich nicht am Ende, ich habe gerade erst angefangen.«

Sie ging an Notre Dame vorbei und Richtung Louvre. Sie blickte sich nochmal um.

»Danke Papa, ich versuch es für uns beide. Bis zum Regenbogen und noch viel viel weiter.«

Mit einem Lächeln auf den Lippen machte sie sich auf den Weg. Es gab nur einen.

Ostpreußen
1945

Volksaufruf an die Bevölkerung Ostpreußens

Unsere Armee kämpft erfolgreich an der Front gegen Russland. Umso wichtiger ist es, unsere tapferen Soldaten den Rücken zu stärken. Dafür rufe ich, euer Führer, euch auf, bleibt standhaft. Es ist der Bevölkerung von Ostpreußen strikt untersagt zu fliehen. Wer sich zu solch feigem Handeln hinreisen lässt, wird als Volksverbrecher interniert. Es besteht kein Grund, deutschen Boden zu verlassen! Wir werden Deutschland erweitern und groß machen. Euer Führer ist bei jedem von euch.

Heil Hitler

»Was steht da, Mama?«

Vera versuchte, an all den Menschen vorbeizuschauen, die sich vor das Rathaus drängten.

»Nichts, mein Schatz.«

Minna nahm Vera bei der Hand und zog sie zurück zum Haus.

»Aber irgendwas muss doch darauf gestanden haben.«

Vera merkte, dass ihre Mutter in letzter Zeit vieles verschwieg. Früher hatte sie ihr alles vorgelesen. Jetzt zog sie sie von jedem

Blatt, oder Zeitung weg und wenn Vera zu Hause heimlich den Volksempfänger anstellte, schallte es gewaltige Schimpfe.

»Vera, wenn ich sage, da steht nichts, dann steht da nichts.«

Natürlich war ihr klar, dass Vera früher oder später lesen würde, was dort stand, doch sie wollte ihre Tochter, solange es ging, davor bewahren.

»Mama, ich weiß doch, dass was ist. Alle tun so aufgeregt und du streitest nur noch mit Erich und ich höre, was alle sagen.«

»Was sagen alle?«

»Der Krieg ist da, der Krieg ist da. Aber der war doch schon immer da. Wer ist dieser Krieg denn genau und wann kommt er denn jetzt? Dürfen wir den sehen?«

Minna sagte nichts. Schweigend gingen sie nach Hause. Dort schloss Minna die Tür ab, schloss alle Fenster und ging mit Vera in den Keller. Dort setzten sie sich auf die Kartoffelsäcke. Ihre Mutter wollte ihr etwas sagen, das spürte Vera, doch sie hatte Angst, dass sie doch wieder schweigen würde, wenn sie jetzt zuerst reden würde. Und so schwieg Vera. Es kam ihr wie eine Ewigkeit vor. Aber für Neunjährige war alles viel länger, als für Erwachsene und so könnten es auch nur zwei Minuten gewesen sein, ehe Minna Veras Hände nahm und anfing zu reden:

»Mein Kind, ja, du bist noch ein Kind. Aber du wirst sehr bald erwachsen werden müssen. Ich werde dich nicht beschützen können, vor dem, was du sehen wirst. Du hast richtig gehört. Meine schlaue Vera, der Krieg kommt. Und du hast auch richtig gedacht, der Krieg war schon immer da. Zumindest in deinem Leben. Aber davor gab es Frieden. Frieden heißt, keine Bomben, genug zu essen und dass die Papas auch zu Hause sind. Leider hat Hitler beschlossen, wieder Krieg zu führen, weil er mehr Land und mehr zu essen und mehr Deutsche haben wollte und so mussten alle Papas gegen andere Papas kämpfen. Das ist

Krieg mein Schatz. Jetzt grade gewinnen die russischen Papas und kommen immer weiter zu uns nach Deutschland. Die sind sehr böse, weil wir vorher rüber zu ihnen gekommen sind. Das war falsch von uns, hörst du. Wir haben das falsch gemacht. Doch das können wir jetzt den russischen Papas nicht mehr sagen. Die sind sehr böse auf uns.«

Vera hörte ihrer Mutter zu. Sie verstand jetzt, was Krieg war. Wenn man mehr wollte, als man brauchte und es sich nahm, ohne zu fragen, so wie in der Schule, wenn man sich das Brot des Nachbarn stahl, obwohl man eigentlich sein eigenes hatte. Hannes hatte so mal ein blaues Auge vom Otto bekommen. Allein war Hitler nicht stark genug und bestimmt wollte er kein blaues Auge, darum schickte er die Papas los. Ziemlich unfair fand Vera. Sie verstand, dass die anderen sauer waren und das mit dem Frieden fand sie gut. Aber eine Sache leuchtete ihr noch nicht ein, bei all dem.

»Was ist Freiheit, Mama?«

Tränen sammelten sich in Minnas Augen.

»Freiheit heißt zu lieben, wen du willst, zu leben, wo du willst und zu sagen, was du denkst. Aber das Wichtigste ist, dass Freiheit heißt, dass du sein kannst, wer du willst.«

Und während ihre Mutter sie weinend an sich drückte, dachte Vera, dass ihr noch nie ein wirklich freier Mensch begegnet war in ihrem Leben und das fand sie schade.

Paris
1957

»Was willst du so spät hier?«

Louane schlang den Gürtel ihres Schlafrocks enger um sich.

»Reden!«

Vera war von der Ile de la Cité an der Seine entlanggelaufen. Am Louvre vorbei, wo all die Kunstwerke standen. Sie rannte mehr, als das sie lief. Sie kam durch die Tuilerien und war völlig außer Atem, als sie die Champs Elysée erreichte. Sie fand ohne Mühe das Haus und klingelte Sturm. Es war ihr egal, ob sie jemanden weckte. Ja, sie hoffte beinahe, sie würde sie wecken.

»Worüber?«

Louane hatte keine Lust auf eine Szene, vor allem so spät in der Nacht. Sie überlegte kurz, ob sie Henri wecken sollte, doch entschied sich dagegen. Vera war nun nicht ernstzunehmen.

»Du weißt genau worüber.«

Vera war nicht gewillt sich abwimmeln zu lassen und schob sich an Louane vorbei in den Salon.

»Du hast mich benutzt. Du lässt mich erst als Model arbeiten und köderst mich dann! Du lockst mich in dein Atelier, verführst mich mit Illusionen von Entwürfen. Lässt mich arbeiten und du willst dann meinen Ruhm. Und du findest das alles rechtens. Ich sag dir jetzt was du Puppenspielerin! Nicht mit mir.«

Vera blickte mit einem kalten Blick zu Louane rüber. Sie war wild entschlossen sich ihre Ideen nicht nehmen zu lassen und wenn Louane dachte, so einfach ihr Eigentum stehlen zu können, würde sie mehr aufbringen müssen. Diese schloss die Tür und atmete hörbar aus.

»Du findest das alles ungerecht, versteh ich das richtig?«

»Ja, und ich bin nicht gewillt das hinzunehmen, du wirst das jetzt sofort wieder gut machen. Entweder du gibst mir alle Entwürfe zurück und lässt mich als Model laufen in meinem Kleid oder … !«

»Du stellst Forderungen an mich?«

Louane starrte Vera jetzt regelrecht an. Vera erkannte, dass mit ihr etwas nicht stimmte. Das, was sie ihn ihren Augen sah, war keine Wut. Es war blanker Hass, der aus ihnen funkelte. Louanes ganzer Körper schien zu beben, zu zittern, ihre Lippen zuckten und ein Krampf ging durch ihren Körper. Vera wich zurück. Sie wusste nicht, was geschah. Louane riss sich den Schlafrock runter. Dabei zerriss die Naht am Ärmel und er landete in zwei Teilen auf dem Boden. Nackt bebend mit ausgebreiteten Armen stand sie vor Vera. Diese schlug die Hände über dem Mund zusammen. Louanes Körper war voller Narben. Sie zogen sich vom Brustbein bis zu ihrem Schambereich. Sie verliefen übereinander und es sah aus, als hätte eine Spinne ihr Netz auf Louane gesponnen. Auf ihrem rechten Arm zog sich eine Nummer in schwarzer Schrift über ihre Haut. Blaue Äderchen zogen sich um die Tätowierung. Aus den weit aufgerissen Augen flossen Tränen. Aber es war keine Traurigkeit, sondern übermenschlicher Hass, der aus ihren Augen sich seinen Weg suchte.

»Du hast mir das angetan! Ihr Deutschen habt mich verunstaltet. Meine Familie ausgelöscht. Gebrandmarkt, geschändet. Du hast keine Forderungen an mich zu stellen. Ich habe mir nur etwas zurückgeholt von euch Deutschen. Ich hatte ein Leben und weil es euch gefiel, habt ihr es mir genommen. Ich hätte diese Kleider tragen sollen, ich hätte mich vor aller Welt in der schönsten Mode der Welt fotografieren und feiern lassen sollen. Doch stattdessen sitz ich weit weg, damit mein verunstalteter Körper die Reinheit nicht zerstört. Und da kommst du und willst etwas von mir? Du kommst in meine Firma, nimmst mein Geld und willst dann auch noch die Zukunft, die mir gehörte. Sieh es dir an, du Miststück. Das wünsch ich dir. Schmerzen, unendliche Schmerzen. Leide, leide!«

Louane schrie die Wörter aus sich heraus. Henri, der von den Schreien seiner Frau geweckt wurde, kam aus dem Schlafzimmer. Schockiert bliebe er in der Tür stehen und starrte auf die Szenerie, die sich vor ihm darbot. Schnell erkannte er, was vor sich ging. Er rannte zurück ins Schlafzimmer und kam mit einer Decke wieder zurück, die er Louane um den Körper schlang und sie darin einwickelte.

»Leide, du Nichts. Leide, wie ich. Gib mir mein Leben. Gib es mir wieder.«

»Still Liebes, alles gut. Still. Schau mich an. Wir sind hier. Zusammen. Still, Liebes.«
Henri wiegte Louane sanft und redete auf sie ein. Langsam hörten die Krämpfe auf und ihr Körper, der vor Erschöpfung keine eigene Kraft mehr hatte, sackte ihn Henris Arme. Er hob sie hoch und trug sie immer noch sanft wiegend ins Schlafzimmer. Vera stand die ganze Zeit wie angewurzelt da und war unfähig zu helfen oder sich zu bewegen. Sie starrte die ganze Zeit auf die Stelle, wo eben noch Louane gestanden hatte. Wo eben noch die Narben und die schreckliche Nummer vor ihren Augen gewesen waren.

»Komm mit, du brauchst jetzt bestimmt einen Drink.«

Henri war wieder zurückgekommen und legte den Arm um sie. Vera wehrte sich nicht und folgte ihm ins Wohnzimmer, dass sie noch vom letzten Abend her kannte. Sie ließ sich in einen Sessel fallen.

»Hier, immer runter damit.«

Henri reichte Vera ein Glas mit einer durchsichtigen Flüssigkeit und es interessierte Vera auch nicht, was es war. Es schmeckte bitter, aber vertrieb den Schrecken aus ihren Gliedern. Henri schenkte ihr noch zwei Mal nach, bis sie fähig war, wieder zu reden.

»Das habe ich nicht gewollt.«

Zu mehr Worten war sie nicht fähig. Alle Wut, die sie auf dem Weg hatte, war weg. Sie hatte völlig vergessen, warum sie hier war.

»Schon gut, das hätte Louane nicht tun dürften, vor allem nicht dir gegenüber, du kannst nichts dafür.«

Er hatte sich Vera gegenübergesetzt und schaute sie an.

»Du warst damals noch ein Kind, 9 oder 10, wenn ich richtig schätze. Das alles passierte nicht durch dein zu tun. Du musst es ihr verzeihen, manchmal da ist es zu viel und dann kommt alles hoch. Sie hat zu viel gesehen. Wenn der Mensch zu viel sieht, dann bricht etwas und das kann man zwar wieder zusammensetzen, aber es wird nie wieder wie früher. Manche Risse werden nie heilen.«

Er seufzte schwer.

»Ist das im Lager passiert?«

Vera hatte von den Lagern gehört, wer nicht. Sie wusste, dass dort gemordet worden war. Sie kannte die erschreckende Zahl, doch sie hatte noch nie jemanden getroffen, der dort war außer als Kind. Sie wusste, dass Madame und Monsieur Juden waren, aber ihr war nie der Gedanke gekommen, dass sie auch im KZ gewesen waren. Wie schrecklich dumm sie doch gewesen war.

»Ja, erst hier in Frankreich, dann Dachau und später die Transporte nach Osten. Wir haben uns danach wiedergefunden, hier in Paris. Unsere Züge wurden von den Alliierten vor den Todeslagern gestoppt und wir befreit. Wir haben entschieden, dass hinter uns zu lassen und hier wieder von vorne mit einer Schneiderei anzufangen. Wir haben alle Überlebenden unserer Freunde und deren Familien angestellt. Damit wir gemeinsam gegen den Schmerz der Vergangenheit arbeiten konnten.«

Er blickte während des erzählen die ganze Zeit an ihr vorbei, so als würde er es sich selbst erzählen.

»Louane war gebrochen, als ich sie wiederfand. Manches konnte ich mir zusammenreimen. Die Narben erzählten ihre Geschichte. Doch vieles liegt bis heute im Dunkeln und das Dunkel ist voller Angst und Schrecken.«

Darum waren auf der Arbeit alle wie eine Familie, erkannte Vera. Darum hatte sie nie dazu gehört.

»Du warst die Erste, die nicht zu dem Kreis gehörte, die wir anstellten. Ich hatte mir nichts dabei gedacht, auf das Angebot von Pfaff einzugehen. Neue Maschinen, plus eine neue Arbeitskraft. Damals schien mir das mehr als recht. Aber Louane wurde immer gereizter. Eine Deutsche zu beschäftigen war für sie wie Verrat. Wie oft ermahnte ich sie die Vergangenheit ruhen zu lassen. Und ich dachte wirklich, sie könnte es. Als du für unser Model eingesprungen bist, schien es mir, als würde auch Louane darüber hinwegsehen. Aber in Wahrheit zerfraß sie der Anblick deines makellosen Körpers und deiner Jugend. Das alles war ihr genommen worden. Sie hatte diese Idee, dir auch etwas zu stehlen. Dir auch Narben zuzufügen. Ich dachte, es wäre nur eine Idee, ein fiktiver Gedanke von ihr. Ich war zu beschäftigt, um zu sehen, dass sie es wahr gemacht hatte.«

Seine Stimme war immer leiser geworden und er schien immer kleiner zu werden. In Veras Kopf drehte sich nun alles. Die beiden hatten sie nicht nur benutzt für ihre eigene Karriere, sie hatten es davor auch noch geplant und wollten sie verletzen. Gerne wäre Vera jetzt wieder wütend geworden. Doch sie sah die Bilder aus den KZ vor sich und erinnerte sich an die Geschichten. Sie wusste nicht, wie viel davon wahr war. Aber wenn sie an Louane dachte und ihren Körper, dann war wohl mehr davon wahr, als viele in Deutschland zugaben. Welche Grauen musste ihr nachts den Schlaf rauben. Vera dachte an ihre eigenen Geister, die sie nicht schlafen ließen, und dachte voller Scham an Louane.

»Ich glaube, ich kann Louane verstehen. Manche Schatten bleiben. Sie nagen und fressen sich in einen hinein und oft verdecken sie die schönen Erinnerungen. Grausamkeit dieser Art löscht jedes Licht aus.«

»Danke Vera.«

Henri schaute sie endlich richtig an.

»Es tut gut, dass du uns das nicht nachträgst, es war töricht und dumm. Louane hätte sich nicht dazu hinreißen lassen sollen. Aber wenn du dein Leben lang keine Chance auf Vergeltung hast, dann machst du plötzlich schlimme Sachen. Bitte lass uns zusammen das alles wieder gut machen. Die Entwürfe von dir waren wunderschön.«

»Henri, euch muss nichts leidtun. Ich war damals 9, als wir vor dem Krieg flohen. Ich habe viele scheußliche Dinge gesehen. Ich will gar nicht daran denken, was sie euch angetan haben. Aber sie haben uns allen etwas genommen. Unsere beiden Familien wurden umgebracht. An unterschiedlichen Fronten Henri, aber durch die gleiche sinnlose Macht.«

Vera dachte an ihre Familie und alles was ihnen zugestoßen war. Henri hatte ihr seine Geschichte erzählt und Vera fand, dass sie es ihnen schuldig war, nun ihre Geschichte zu erzählen. So begann sie ihre Geschichte. Sie erzählte von ihrer Mutter, den Goldheims, bei denen sie immer ihr Obst kauften und die plötzlich weg waren. Von ihren Freundinnen, die plötzlich auf andere Schulen mussten und Sterne an ihren Kleidern trugen und mit denen sie nun nicht mehr spielen durfte. Sie erzählte von ihrer Mutter und wie sie das Bild von Hitler zerschlug und von den heimlichen Abendessen mit den Zwangsarbeitern, die hinter verschlossenen Fenstern bei ihnen stattfanden. Sie redete, bis Licht durch den Vorhang fiel und, bis es nichts mehr zu erzählen gab und ihre Kehle trocken war. Hinter den beiden im Schatten des Türrahmens stand Louane und hörte Veras Geschichte zu. Einer Geschichte, wie der ihren. Aus Rebellion, Angst, Vertreibung und Flucht. Sie schlang die Decke enger um sich. Jede Narbe konnte sie im Kopf nachfahren. Jede ihrer Geschichten war unauslöschlich in ihr Herz geschlagen. Ein Nagel ohne Wiederkehr. Sie hörte Vera zu. Die Geschichte eines Kindes. Eines gütigen, rebellischen, aber auch verängstigten Kindes. Zwar war aus diesem Kind eine Frau geworden, aber dennoch nagte auch an ihr der Verlust und auch ihre Nächte waren durchzogen von dunklen Bildern. Manchmal findet man sich selbst in einem Feind wieder. Ist es dann noch ein Feind? Louane sah Vera an. In ihren Augen spiegelten sich die Funken des Kaminfeuers und es schien, als würden sie direkt aus ihr kommen. Das Herz des Mädchens schlug laut und ihre Seele warf Funken. Die Funken wärmten Louane und ihr wurde warm. Mit der Wärme kam wieder Leben in sie und sie wusste, dass dort kein Feind auf dem Sessel saß, sondern eine Freundin, die sie nur noch nicht gekannt hatte. Sie drehte sich um und ging am Schlafzimmer vorbei ins Badezimmer, um sich neue Kleidung zu holen. Als sie zurückkam. Saß Vera immer noch auf dem Sessel. Die Funken sprangen aus ihren Augen und Louane fasste wieder Vertrauen und ging hinein.

»Manchmal, wenn alles dunkel ist, kann man das Licht nicht sehen. Wenn dann alles hell wird, erkennt man im Bösen das Gute und aus Feinden können Freunde werden.«

Vera und Henri fuhren herum. Keiner von beiden hatte Louane gehört.

»Du meinst, wir könnten Freunde werden?«

Vera wurde klar, dass Louane zumindest etwas gehört haben musste von ihrer Geschichte. Sie schaute ihr ins Gesicht. Ihre Züge waren weicher und ihr Blick sanfter. Als wäre ein Sturm erloschen. Die Trümmer waren noch zu sehen, aber man konnte anfangen aufzuräumen.

»Ja Vera. Es hat keinen Sinn, sich weiter zu bekriegen und es gab und wird auch nie einen Sinn dafür geben. Wir haben beide unsere Narben, das sehe ich jetzt. Du und deine Familie haben meinem Volk keine Narben zugefügt. Es liegt an uns, was wir aus unserer Zukunft machen. Ich möchte meine mit Liebe und Freundschaft füllen. Darum würde es mich freuen, wenn du mir auch verzeihen könntest und wir gemeinsam Freundschaft schließen.«

Louane war auf Vera zugekommen und hielt ihr die Hand in.

»Es gibt nichts zu verzeihen.«

Vera nahm die Hand und die beiden Frauen sahen einander an und für beide war es ein neuer Anfang. Henri klatschte in die Hände und das Leben kehrte in seine Knochen zurück. Am frühen Morgen stießen die drei auf ihre neue Freundschaft an.

Ostpreußen
1945

»Minna, Minna mach auf. Komm schon. Minna.«

Vera wachte aus ihrem Schlaf auf. Jemand hämmerte laut an ihre Haustür. Ängstlich verkroch sie sich unter die Decke. Wie konnte Erich bei dem Lärm nur weiterschlafen. Unten hörte sie Schritte.

»Wer in Gottes Namen ist da?«

Ihre Mutter hörte sich nicht so mutig an wie ihre Worte. Vera horchte auf, obwohl ihre Beine kribbelten und ihr Herz raste, schob sie den Kopf unter der Decke hervor und legte ihn an die Wand. Das Holz war an dieser Seite der Wand recht dünn, sodass man, wenn es leise war, alle Gespräche von unten aus der Stube hören konnte. Vera hatte so manche Nacht mit dem Ohr an der Wand verbracht. Meistens weil sie nicht einschlafen konnte. Die Geräusche der Nacht waren ihr unheimlich. Die Sirenen waren nachts viel beängstigender als am Tag und oft konnte man die Flugzeuge aus der Ferne hören. Ihr Knattern und Surren verursachte Vera am Anfang Albträume. Inzwischen hatte sie sich an den Klang gewöhnt. Sie lauschte, was unten an der Tür geschah. Es war ungewöhnlich, dass so spät jemand an ihre Tür klopfte. Und dass jemand so daran schlug, war noch nie vorgekommen.

»Minna mach auf, ich bin's Hans.«

»Hans, was machst du hier, warte ich mach auf.«

Vera hörte, wie ihre Mutter die Tür aufsperrte. Sie überlegte, ob sie einen Hans kannte. In ihrem Kopf hatte dieser Name kein

Gesicht, aber ihre Mutter musste ihn kennen, sonst hätte sie nie die Tür geöffnet.

»Minna, wieso in aller Welt seid ihr noch hier? Ihr müsst weg, und zwar sofort, es bleibt kaum noch Zeit.«

Der Fremde sprach schnell und eindringlich. Vera schob sich dichter an die Wand.

»Hans, beruhig dich. Wieso bist du hier? Was ist passiert, hast du etwas von Fritz gehört. Es heißt er wird vermisst, aber ich … «

»Herrgott Minna hör mir zu! Wir werden überrannt. Heiligenbeil ist ein einziger Kessel, aus dem es keinen Weg mehr hinaus gibt. Ich habe mich abgesetzt, weil ich sichergehen wollte, dass du und die Kinder in Sicherheit seid. Warum seid ihr noch hier?«

»Ich wollte ja, aber sie überwachen die Straßen und du weißt, was sie mit denen machen, die gegen das Gesetz flüchten, Hans!«

»Das war mal Minna, alle retten sich. Keiner wird euch aufhalten, wenn ihr geht, aber ihr müsst los. Die Russen umzingeln uns. Königsberg ist gefallen.«

»Ich wollte mit den Kindern über Elbing gehen, dann könnten wir … «

»Elbing ist dicht!«

»Nein, Hans sag, dass das nicht wahr ist. Aber wenn Elbing dicht ist, wo sollen wir dann hin?«

»Nach Pilau, Minna, das ist der einzige Weg.«

»Nein Hans das kannst du nicht von mir verlangen. Denk an deinen Bruder, das sind seine Kinder. Ich werde nicht mit den Kindern über das Haff gehen, dann … «

» … dann erschieße ich sie lieber gleich!«

»Hans!«

»Das wäre gnädiger, als sie den Russen zu überlassen. Oder muss ich dir erklären, was die Russen mit deinen Kindern machen. Denkst du, die lassen Erich am Leben? Denkst du, die haben Gnade mit Vera? Du kannst dein Schicksal gern wählen und bleiben, aber die Kinder nicht. Und Fritz hätte nie gewollt, dass seine Kinder dieses Schicksal ereilen. Also Minna, du hast die Wahl. Das Haff oder ich gehe jetzt nach oben!«

»Hans, das Haff ist ein Massengrab, das wissen wir beide. Und wenn du es versuchen solltest, meinen Kindern auch nur zu nahe zu kommen, wird es das Letzte sein, was du tust. Haben wir uns verstanden?«

»Das Haff ist zugefroren und Tausende sind schon hinüber gegangen, Minna. Pilau wird noch von der Kriegsmarine gehalten. Du musst ein Schiff bekommen und ins innere Deutsche Reich dich absetzten, dort kannst du die Kinder beschützen, aber hier werden sie sterben.«

»Aber Hans, wie soll uns Fritz jemals wieder finden?«

»Wir wissen beide, dass mein Bruder tot ist, Minna, er wird nicht wieder kommen.«

»Nein!«

»Minna, er ist tot, hör auf an einem Wunsch festzuhalten, während da draußen eine Armee auf euch zu läuft, die euch auf schnellstem Weg umbringen wird. Mein Gott Minna, hör mich an. Lauf weg. Lauf!«

»Und wenn alles umsonst ist, dann … «

»Hast du es wenigstens versucht!«

Einen schier endlos langen Moment blieb es still. Vera wartete und lauschte weiter. Ihr Herz hämmerte so laut, dass sie Angst hatte, man könnte es unten hören. Ihre Mutter hatte also recht, der Krieg war da und sie saßen in der Falle. Übers Haff. Vera war schon einmal am Haff gewesen. Es trennte das Festland von einem schmalen Streifen, auf dem Pilau lag. Manchmal in kalten Wintern fror die Wasserschneiße zu und man konnte mit dem Schlitten übersetzen. Im Sommer fuhren Boote von einer Seite zur anderen. Sie erinnerte sich an die große Fläche Wasser. Ganz am Ende hatte man den Landstreifen erahnen können. Das wäre eine weite Strecke zu Fuß. Und wären sie überhaupt schnell genug? Vera atmete tief ein und aus, um sich zu beruhigen.

»Wir werden gehen.«

»Dann geht jetzt, ich muss zurück und nehme euch ein Stück mit, bis ihr euch anderen Flüchtlingen anschließen könnt.«

»Hol du die gepackten Sachen aus dem Keller, sie stehen hinter den Regalen, ich weck die Kinder.«

Vera hörte, wie die Stimmen sich in der Stube verteilten. Ein paar Schritte gingen zum Keller und sie hörte die Kellertür in ihren Angeln knarzen. Ein anderes Paar nährte sich der Treppe und kam hinauf. Vera zog sich schnell die Decke über den Kopf und hielt den Atem an. Ihr Herz drohte zu zerspringen, als ihr die Decke vom Kopf gezogen wurde und sie in die Augen ihrer Mutter blickte. Kurz meinte Vera einen Funken Verwirrung und Überraschung in den Augen ihrer Mutter zu sehen. Doch es war nur ein Wimpernschlag lang, dann blickten ihre Augen sie fest an und mit einer Kopfbewegung gab sie ihr zu verstehen, aufzustehen. Vera kletterte aus dem Bett und folgte den stummen Anweisungen ihrer Mutter, sich anzuziehen. Ihre Mutter weckte auch Erich. Aber auch auf seine Fragen hin antwortete sie nicht, sondern befahl auch ihm, sich anzuziehen und leise zu sein. Bevor sie die Treppe gemeinsam hinunter gingen, sahen sich Vera und ihre Mutter noch einmal in die Augen. Vera sah es ihrer Mutter an, dass sie wusste, dass sie gelauscht hatte. Sicher wusste sie nicht wie, aber sie sah es ihr an.

»Wir müssen fort oder Mama?«

»Ja, Vera wir müssen gehen, es ist Zeit zu gehen.«

Vera ging die Treppe hinunter und sah den fremden Mann in ihrem Zimmer stehen. Er reichte ihrer Mutter die Koffer und deutete zur Tür. Erich ging hinter ihm als Erstes durch die Tür, Vera folgte ihm, und schaute sich nochmal in ihrem zu Hause um, während ihre Mutter sie Richtung Tür schob. Ihr Blick fiel auf die Wanduhr. Es war 2 Uhr, Zeit zu gehen.

Paris
1957

»Du bist betrunken!«

Albert war die ganze Nacht schlaflos im Zimmer auf und ab gelaufen und hatte auf Vera gewartet. Die war erst am späten Morgen gekommen. Ein Fahrer der Firma hatte sie gebracht. Sie war bei den Bellios gewesen, die Nacht über, wie sich herausstellte. Erst war Albert erleichtert gewesen. Doch schnell merkte er, dass mit seiner Frau was nicht stimmte.

»Nur ein Glas.«

Entgegnete Vera leicht schwankend. Sie hatte mit Louane und Henri angestoßen, etwas öfter als es gut gewesen wäre, wie sie jetzt feststellte. Es war schwer für sie, auf den Schuhen das Gleichgewicht zu halten. Sie wollte nur ins Bett.

»Erzähl mir nichts. Du bist betrunken und das kommt nicht nur von einem Glas. Würdest du mir endlich mal erklären, was mit dir los ist.«

Alberts Geduld war lang, aber er wurde nicht schlau aus seiner Frau und langsam regte ihn dieses Verhalten auf. Mal war sie überglücklich, mal streifte sie tagelang durch Paris und scherte sich nicht um ihn. Dann die letzten Nächte und die plötzliche Annäherung. Und dann lief sie mir nichts dir nichts einfach davon in einem Streit und taucht betrunken wieder auf. Albert war es leid nur ein Spielball für sie zu sein. Er wollte Klarheit.

»Liebst du mich nicht mehr? Willst du deswegen keine Kinder und regst dich so über das Eheleben auf?«

»Wie kommst du den auf den Narrenquatsch«, Vera hatte keine Lust auf Diskussionen. Natürlich wollte sie mit Albert noch reden. Den Streit hatte sie nicht vergessen, aber grade fühlte sie sich nicht im Stande dazu.

»Na hör mal. Weißt du, wie du dich verhältst! Ich weiß, dass Frauen ihre Launen haben und ich weiß, dass du bei weitem nicht wie alle anderen bist. Aber Vera bitte rede mit mir.«

»Ich hatte einen Streit mit Louane und als ich alles verdrängen wollte, da kommst du und fängst auch Streit mit mir an.«

Vera wollte nur noch ihre Ruhe.

»Vera, ich wollte doch nicht streiten. Ich dachte nur, naja, nach den letzten Nächten dachte ich, wir würden eine Familie werden. Und dann tust du so, als würde man dir das Aufzwingen.«

Albert wurde nicht schlau aus ihr.

»Ich will eine Familie mit dir, aber ich will auch nicht alles aufgeben, was ich bin. Ich will meine Freiheit selbst bestimmen und warum meinen alle, es besser zu wissen?«

Vera war so müde, sie schleppte sich zum Bett und versuchte vergeblich, die Knöpfe an ihrem Kleid zu öffnen.

»Aber Liebste. Ich will dir nichts befehlen. Ich mache mir Sorgen und will doch nur, dass es dir gut geht.«

Er sah ein, dass es keinen Sinn machte, ihr Vorwürfe zu machen. Er bekam Mitleid mit seiner Frau. Vielleicht war das Leben für sie in der letzten Zeit nicht so einfach gewesen. Wenn sie sich auch mit Madame gestritten hatte und die ganze Nacht dort verbrachte. Er half ihr aus dem Kleid und sie sank schon halb eingeschlafen in seine Arme.

Ostpreußen
1945

»Mama, es tut mir leid.«

Erich stand mit seiner Mutter und Vera am Hafen und schaute in die lange Schlange an Menschen, die sich bis zum Horizont bewegte. Alle versuchten, über das zugefrorene Haff sich Richtung Westen zu retten.

»Ach Junge, ich weiß. Dir muss nichts leidtun. Du bist einfach zur falschen Zeit geboren.«

Minna schaute erschöpft zu ihrem Jungen. Die ganze Nacht und noch einen ganzen Tag und eine weitere Nacht waren sie gelaufen. Nun standen sie an den Ufern des Haffs, um das schier Unmögliche zu versuchen. Ohne Deckung über das Eis. Erich hatte sich in den Stunden der Flucht verändert. Als Onkel Hans sie verabschiedet hatte, versprach Erich ihm auf sie aufzupassen. Still war er danach geworden. Und mit jedem zerstörten Dorf und jedem toten Flüchtling am Straßenrand war mehr Leben aus ihm entwichen. Minna sah auf dem Weg zu, wie ihrem Sohn die Augen geöffnet wurden. Alles Grausame, was sie jemals vor den Blicken ihrer Kinder verbergen wollte, lag nun am Straßenrand und begleitete sie auf ihrem Weg in eine ungewisse Zukunft, oder auf ihrem Weg in den Tod, denn auf was sie zu liefen, konnte Minna nicht sagen.

»Ich will es besser machen jetzt, versprochen.«

Erich war voller Reue und hoffte, dass er sich irgendwann selbst verzeihen könnte. Er hatte bei allem mitgemacht. Hatte lauthals alle Parolen nachgerufen und war ehrgeizig bereit, die Karriereleiter in der Partei nach oben zu klettern. Er bereute es, seine Familie verraten zu haben und es kam ihm vor, als sähe er zum ersten Mal klar. Nun sah er die Trümmer, die Toten und nun sah er auch, wohin diese Kriegswut sie alle brachte. Alles, was seine Familie Heimat nannte, war verbrannte Erde. Alle Getreidesilos und Ställe hatte die Hitlerjugend mit der SS niedergebrannt. Damit sie dem Feind nicht mehr nützlich sein könnten. Die Heimat seiner Familie war zerstört. Es gab nichts mehr, was sie hier hielt.

»Du kannst gleich anfangen, dein Versprechen einzulösen. Halt Vera bei der Hand. Und lass sie nicht los. Hörst du. Um nichts auf der Welt lässt du ihre Hand los.«

Minna drückte Veras Hand in Erichs. Sie konnte nicht Kleider und Habseligkeiten tagen und auf das Mädchen aufpassen.

»Und mach dich klein, wenn Soldaten kommen, sei still und versuch, nicht aufzufallen.«

Wenn sie Erich entdeckten, würden sie ihn an die Front schicken. Alle Jungen und Alten hatten sie geholt. Sie mussten es über das Haff schaffen. In Pilau konnten sie ein Schiff bekommen und nach Lübeck fahren, dann wären sie in Sicherheit.

»Mama, ich bin viel zu groß, ich kann allein laufen!«

Vera fand das alles sehr aufregend. Nur die Füße taten ihr inzwischen etwas weh und sie blickte neidisch zu den Pferdewagen, die an ihnen vorbeifuhren.

»Warum können wir nicht fragen, ob uns einer mitnimmt auf dem Wagen? Es sind doch genug da.«

»Nein, das ist zu gefährlich. Wir werden über Eis laufen Vera.«

Minna beugte sich zu Vera runter, um ihren Schal enger zu ziehen, auf dem Haff gab es keinen Schutz vor dem Wind oder den Flugzeugen. Sie verdrängte diesen Gedanken schnell wieder.

»Das Eis kann uns zwar tragen, aber trotzdem kann es an einigen Stellen einbrechen und die Wagen sind schwer und werden als erste einbrechen. Darum werden wir laufen.«

Vera wollte nicht einbrechen, denn sie wusste vom Schlittschuhlaufen, dass das Wasser zu dieser Jahreszeit bitterkalt war und man schnell mal einen Zeh verlieren konnte, wenn man die Füße zu lange hineinhielt. Sie hatte mit ihren Freundinnen immer Mutproben gemacht und einmal so lange ausgehalten, bis ihre Zehen dunkelblau waren. Es hatte höllisch weh getan und sie versuchte sich vorzustellen, wie es wohl wäre mit dem ganzen Körper in so kaltem Wasser zu baden.

»Komm endlich, für Träumereien ist wirklich keine Zeit. Du musst jetzt auf mich hören. Vera! Wenn Flieger kommen, dann leg dich flach aufs Eis. Nicht wegrennen. Einfach flach hinlegen!«

Erich zog seine Schwester mit sich. Oft verschwand sie in Tagträumen und keiner wusste so recht, an was sie da dachte. Aber jetzt musste sie mit und zum Stehenbleiben war keine Zeit. Die Nächsten drängelten von hinten und ganz hinten wartete die russische Armee, auf die, die zurückblieben. Wenn nur keine Flugzeuge fliegen, dann haben wir eine Chance, dachte Erich bei sich und versuchte ein wenig Hoffnung zu bewahren.

Paris
1957

»Die Nahtabstände setzten wir hier am besten auf 3 Millimeter. Dann sieht die Naht nicht so dick aus.«

Vera saß über ihren Entwürfen.

»Wir nehmen eine kräftige Farbe, dann unterstreichen wir den Effekt.«

Louanes Körper war umwickelt mit Stoffbahnen. Sie trafen sich jeden Tag nach der Arbeit im Atelier und arbeiteten Veras Entwürfe aus. Vera hatte darauf bestanden, weiterhin tagsüber an der Knopfmaschine zu arbeiten und erst abends am Modell zu arbeiten. Madame und Monsieur war das nur recht. Vera war als Arbeitskraft so fleißig wie eine Biene und sie waren es gewohnt, lange zu arbeiten. Auch Vera kam dies zugute. Die Überstunden hielten sie davon ab, Zeit mit Albert zu verbringen. Seit dem Morgen, an dem sie betrunken nach Hause kam, hatten sie kaum mehr ein Wort miteinander gewechselt. Sie hätte ihm alles erklären müssen. Und immer, wenn sie bei ihm war, dann stand ihre ganze Welt Kopf. Nachdem sie mit Louane alles geklärt hatte und Henri einen neuen Arbeitsvertrag aufgesetzt hatte, der Vera das Eigentumsrecht an ihren Entwürfen zusicherte, war sie wieder in ihrer Arbeit aufgegangen. Sie hatte von Madame alles über Design und Schnitte gelernt. Henri lernte sie in Modellzeichnung und Maßstab an. Immer wenn sie Albert sah, kam sie sich wie eine Verräterin vor. Sie hatte ihm versprochen, Kinder zu bekommen, und wenn sie ihn sah, kam der Wunsch auch in ihr auf. Doch ihr Herz wollte mehr. Sie wollte in ihrem

Leben einmal etwas Außergewöhnliches erreichen. Etwas, von dem sie später erzählen konnte. Und sie wollte das Versprechen an ihren Vater einlösen. Nicht, weil sie sich schuldig fühlte, sondern weil es sie sich so mit ihm verbunden fühlte und dieses Gefühl so lange festhalten wollte, wie es ging. Und wenn sie es bis zum Ende schaffen sollte, könnte sie vielleicht für immer dieses Gefühl in sich tragen, etwas von ihrem Vater gelernt und auch gelebt zu haben. Ein Teil von ihm wäre dann nicht verschwunden. Aber würde Albert diese Sentimentalität nicht verstehen und unterstützen. Er war Realist, er würde ihr raten, das Alte zu vergessen und nach vorne zu blicken. Wie sollte das gehen, wenn man nicht nach vorne blicken konnte, ohne das Alte als Hilfe. Wie konnte man ohne Vergangenheit sicher in eine Zukunft gehen? Louane und Henri hatten ihre Vergangenheit auch nicht vergessen und waren daraus in eine Zukunft gegangen. Schmerz hatten sie zu Leistung, Misshandlung in die Reinheit der Stoffe und Trauer in die Liebe in ihren Beruf verwandelt. Sie selbst wusste nicht, was aus ihrer Vergangenheit ihr nützlich war. Doch diese Erinnerung an ihren Vater wog in ihrem Herzen so viel. Die Kraft, die davon ausging, wollte sie nutzen. Vielleicht gab die Vergangenheit nicht jedem Kraft. Vielleicht konnten andere nur aus dem hier und jetzt ihre Kraft schöpfen. Vielleicht musste man in der Vergangenheit ein bestimmtes Maß an Leid erfahren haben. Ein surrealer Gedanke fand Vera. Sie betrachtete Louane und Henri und dachte an ihre Kindheit. Ist Leid unausweichlich, um später daraus Stärke zu entwickeln? Und wenn das zutraf, war das nicht grausam von der Natur? Wer unmenschlich leidet, bekam als Geschenk des Überlebens eine Kraft mit in die Zukunft gegeben. Der Preis für die innere Kraft in der Gegenwart war durch Erlittenes gezahlt worden. Vera wusste, dass dies zwar auf einige Menschen zutreffen konnte, doch sie dachte an ihre Familie und wusste, dass aus Leid nicht immer Stärke und aus Verzweiflung nicht immer Hoffnung wurde. Manchmal zerbrach der Mensch auch. Nicht äußerlich. Innerlich bekam die

Seele Risse und solche waren nicht zu heilen. Vera hoffte, dass sie die Kraft besaß, die Schrecken des Erlebten zu verwandeln, ohne daran zu zerbrechen. Sie schaute auf die Bahnen an Stoffen, ihre Entwürfe an der Pinnwand und sie spürte es. Verwandlung lag in der Luft.

»So ich glaube, jetzt habe ich alle, Farbtöne rausgesucht.«

Louane warf alle Stoffbahnen auf einen Tisch. Vera löste den Blick von dem Entwurf und überflog die Stoffe.

»Das Richtige ist nicht dabei!«

»Ma cherie, bist du des Wahnsinns. Das sind alle Stoffe, die ich dir anbieten kann. Das ist amerikanische Baumwolle. Ägyptisch Seide, Kaschmir!«

»Die Stoffe sind schon gut, aber die Farben stimmen nicht. Die Farben sind zu blass. Verstehst du?«

»D'accord, du willst mehr Farbe. Oui, oui, dann färben wir eben selbst.«

»Das geht so einfach?«

»Klar doch! Henri!!!«

»Was?«

»Streich die Termine für morgen früh. Wir gehen einkaufen. Brauchen wir was vom Gemüsemarkt?«

»Oh nein, willst du etwa wieder Färben?«

»Die Farben taugen nichts und Vera hat vollkommen recht, die sind alle zu blass.«

»Aha und dann darf ich mir wieder überlegen, wie ich den anderen erklären soll, dass das kein Blut auf dem Boden ist. Sondern, dass meine Frau die Farbbrühe hat überkochen lassen.«

»Genau, mon cher!«

»Ist dir das beim letzten Mal passiert?«

Vera kicherte. Die beiden waren zu komisch zusammen. So war das wohl nach Jahren der Ehe.

»Ja, erzähl es ihr Louane. Die Polizei hat man mir aufgehetzt. Nur weil diese Frau im Farbeimer plantscht.«

»Polizei?«

»Ja das war so, ich wollte mir nur schnell was zu essen holen. Habe aber die Hitze unter dem Kessel nicht runtergedreht. Tja, was soll ich sagen? Das alles kochte über und hinterließ einen riesigen blutroten Fleck mitten auf dem Boden. Ich hatte keine Lust zu putzen und ließ alles stehen und liegen.«

»Erzähl ihr vom nächsten Tag. Ja, ja, das erzählt sie nämlich nie.«

»Nun beruhig dich da drüben. Ich war noch nicht fertig. Also am nächsten Tag macht Francois den Laden auf, sieht den riesigen Farbfleck und ruft sofort die Polizei, weil er ein Verbrechen vermutet.«

Vera konnte sich das Grinsen nicht mehr verkneifen.

»Henri musste drei Stunden auf dem Revier verbringen und vom Boden wurde eine Probe genommen.«

»Als das Labor meldete, dass das Ergebnis Kohlgemüse ergab, wurde ich freigelassen.«

»Jetzt hab dich mal nicht so.«

»Vera, bitte achte darauf, dass ich nicht schon wieder wegen eines Verbrechens an Gemüse in den Knast muss.«

»Kein Problem Monsieur, ich pass auf sie auf.«

»Na dann geht es morgen zum Gemüsemarkt. Du wirst Augen machen.«

»Louane, ich will dich nicht enttäuschen, aber Gemüsemärkte kenn ich.«

»Diesen nicht. Liebes, diesen nicht. Wir gehen zu Rosalie Aurél! Kein Stand ist wie ihrer. Danach zeige ich dir, wie wir hier die Farbe auf die Stoffe bekommen. Denn weißt du, oft ist es so, dass Designer ihre eigenen Farben herstellen. Viele sind da richtiggehend exzentrisch veranlagt und kein Model wird aus vorgefertigten Teilen gefertigt. Dann muss von der Naht, über die Farbe bis zu den Stoffen alles firmenintern hergestellt werden. Das Färben dabei ist noch der spaßigste Teil. Aber wenn ich mir deinen Entwurf so ansehe, haben wir nicht nur ein Problem mit den Farben, die wir authentisch an die der Blüten anpassen müssen, sondern auch mit der Technik.«

Louane stand vor den Entwürfen und zog die Stirn kraus. Vera sah, was sie meinte. Die Blüten wurden nur durch eine kleine Stelle am Ensemble befestigt. Der Stoff der Blüten würde sehr dünn und filigran ausfallen, dadurch hatten sie begrenzte Auswahl bei der Wahl des Garns. Sie würden ein sehr dünnes Garn durch noch empfindlicheren Stoff stechen müssen und dennoch in nur zwei Stichen pro Blüte maximale Stabilität erlangen müssen. Erst jetzt verstand Vera die wahre Kunst der Haut Couture. Es lag nicht an den Ideen, sondern an der Umsetzung des Unmöglichen. Das Garn würde warten müssen. Zuerst die Farbe.

Ostpreußen 1945

Einen Fuß vor den anderen marschierten sie über das zugefrorene Wasser. Unter ihren Füßen knarrte das Eis und manchmal hatte Vera das Gefühl, es würde sich bewegen. Dann lief sie gleich zwei Schritte schneller, um von der Stelle weit wegzukommen. Es wurde Mittag und Vera hatte nicht das Gefühl, weit gekommen zu sein. Mehrere Stunden hatten sie auf dem Eis stehend ausharren müssen. Ein Wagen war eingebrochen und Vera verstand nun, warum es auf den eigenen Füßen sicherer war. Vor ihnen suchten Soldaten einen sicheren Weg um die Einbruchstelle herum. Doch das Eis war nun durchzogen von Rissen und so dauerte es, bis sie einen Weg abgesichert hatten. Als sie um die Stelle herumkamen, erhaschte Vera einen Blick auf das Loch. Erich hielt ihr die Hände vor das Gesicht, aber kurz konnte sie durch seine Finger hindurch blicken.

Ein Pferdekörper schwamm oben auf dem Eis. Das Maul war weit aufgerissen und der Körper aufgebläht. Die Zugseile waren gerissen. Der Rest des Wagens war schon gesunken, doch das Pferd kämpfte noch mit letzter Kraft gegen das Ertrinken. Keiner kam zur Hilfe. Immer wieder brachen Randstücke ab, wenn das Pferd versuchte, sich hochzuziehen und so wurde das Loch mit jedem Versuch etwas größer. Das Wasser floss dem Pferd ins Maul und es wieherte heiser. Nicht mehr lange und es würde so erschöpft sein und aufgeben. Vera hoffte, es würde bald so weit sein. Noch nie hatte ihr ein Tier so leidgetan. Die Finger verdeckten ihr wieder die Sicht. Einen Moment später hörte sie einen Schuss und zuckte zusammen. Sie versuchte wieder durch die Finger zu linsen. Das Pferd schwamm seitlich auf dem Wasser. Das Wasser färbte sich langsam rot. Ein Soldat hatte dem Pferd in den Kopf geschossen und ihm einen schnelleren Tod beschert. Langsam füllte sich der schwere Körper mit Wasser und versank. Vera blickte ein letztes Mal in die toten Augen. Das Bild trug sie mit sich über das Eis. Sie begann die anderen Menschen zu betrachten, um sich abzulenken. Neben ihnen marschierte eine andre Familie. Die Mutter war älter als ihre. Sie hatte viele Falten im Gesicht, wie eine Oma. Sie hatten wohl keine Zeit zum Packen, denn sie trugen keine Säcke oder dergleichen mit sich. Um sie herumrannten und tobten ihre Kinder. Vera brauchte etwas, um sie zu zählen, da sie ständig umherrannten und sie sich mehrmals dadurch verzählte. Neun waren es. Das eine Mädchen bemerkte Vera und kam rüber.

»Hallo, magst du mitspielen? Wir spielen Fangen, du musst dann aber der Russe sein und uns fangen!«

Bevor Vera antworten konnte, scheuchte Erich das Mädchen weg.

»Scher dich weg. Das ist kein Spielplatz.«

So eine Dummheit, dachte sich Vera. Warum musste sie hier laufen und die durften spielen. Gerne wäre sie mitgerannt, um sich abzulenken. Sie wäre bestimmt schneller gewesen. Sie dachte wieder an das Pferd und Tränen kamen in ihr hoch. Um sich zu trösten, schaute Vera zum Himmel in die Sonne. Vielleicht würde es so wärmer werden und sie würde an etwas anderes denken. Aber ständig fiel ein Schatten auf Veras Gesicht und störte sie. Das muss ein großer Vogel sein, wenn er solche Schatten wirft, überlegte Vera. Sie zupfte Erich am Ärmel, vielleicht konnte er ihr sagen, was für ein Vogel das war.

»Was?«

Erich zog an seiner Schwester, er war genervt.

»Da oben, was ist das für ein Vogel Erich?«

Vera zeigte mit dem Finger zur Sonne hin. Erich folgte mit seinem Blick Veras Finger und sah nun auch den großen Schatten, der sich direkt vor der Sonne auf sie zu bewegte.

»Flugzeuge, Flugzeuge. Runter!«

Erich brüllte, so laut er konnte, um alle um sie herum zu warnen, und zog Vera und seine Mutter auf das Eis hinunter. Die ersten Kugeln schlugen ein und ein weißer Nebel legte sich über alles.

Paris
1957

»Hier soll der Markt sein? Bist du dir sicher?«

Louane hatte Vera für den nächsten Tag um acht Uhr zu sich bestellt. Sie waren von der Schneiderei aus losgelaufen und durchstreiften schon seit einer Stunde die Straßen des Marais. Plötzlich war Louane in eine kleine Straße eingebogen. Die Rue Bretagne, wie sich Vera noch schnell auf dem Straßenschild eingeprägt hatte. Sie wollte hier nicht verloren gehen. In der Straße führte Louane sie vor ein unscheinbares Metalltor und breitete einladend die Hände aus. Vera war hier schon mehrmals auf ihren Spaziergängen durchgekommen und kannte die Straße. Noch nie hatte sie hier einen Markt gesehen.

»Aber sicher, Liebes. Hinter diesen Türen findest du den ältesten Markt in Paris und ein Bonus hat der Markt an so wechselhaften Tagen, er ist überdacht.«

Louane zog Vera hinter sich durch das Tor und sie verschwanden von der Straße.

»Willkommen auf dem Marché des Enfants Rouges.«

Louane hatte keineswegs übertrieben. Der Markt übertraf alles, was Vera je gesehen hatte. Wie hatte sie das übersehen können? Gleich hinter den Toren hatten sich ihr alle Gerüche der Welt offenbart. Und bunt war es hier. Alle Verkaufsschilder priesen die Waren in den hellsten Farben an und überboten sich dabei untereinander. Dazu riefen die Verkäufer ihre Preise laut aus und zeigten ihre Waren hoch. Es war ein Trubel und Vera liebte es. Sie bahnten sich einen Weg durch den Markt. Vorne am Eingang hatten die Blumenhändler ihre Waren ausgestellt und jeder hatte ihr seine Blumen unter die Nase gehalten. Noch ganz betäubt von dem Duft der Tulpen und Rosen durchquerten sie die Stände der fernöstlichen Spezialitäten.

»Komm, lass uns hier frühstücken.«

Sie machten vor einem marokkanischen Stand halt. Die Bretter waren in safrangelb gestrichen und in großen schwarzen und blauen Linien waren Muster auf die Seiten gemalt worden.

»Na, wie findest du die arabische Sprache? Schön, oder?«

»Was?«

»Na die Schriftzeichen da links und rechts, das ist die Speisekarte auf Arabisch, Liebes. Viele Leute verwechseln sie mit Kunst, kannst du dir das vorstellen?«

Vera lachte mit Louane, aber nur weil sie ihr nicht sagen wollte, dass sie es auch erst für Kunst hielt. So eine Schrift hatte Vera noch nie gesehen. Wie sollte man die denn lesen können?

»Maruf! Wo steckst du. Hier ist hungrige Kundschaft, die unbedingt was von deinem unglaublichen Couscous will. Oder willst du zwei Frauen verhungern lassen?«

Louane hatte sich über den Stand gebeugt und in den Stand hineingerufen. Von drinnen kam ein tiefes Lachen als Antwort und Vera erschrak kurz.

»Na sieh mal einer an. Die Madame Louane ist wieder mal da. Welchen Händler möchtest du heute ausnehmen. Der Arme tut mir jetzt schon leid. Mit dir zu feilschen ist die schlimmste Sache auf Erden. Die Stoffhändler haben heute keinen guten Tag. Wen hast du denn da mitgebracht?«

Hinter der Theke hatte sich ein riesiger Mann aufgebaut und Vera versuchte angestrengt nicht auf seine Haut zu schauen. Denn die war tiefschwarz, wie Kohle. Sie hatte Afrikaner schon von weitem gesehen, aber noch nie so nah und gesprochen hatte sie auch noch nie mit einem. Es faszinierte sie, wie unterschiedlich die Menschen waren. Maruf hatte ein warmes, offenes Gesicht. Es war traurig, dass es immer noch Menschen gab, die Probleme mit der Vielfältigkeit hatten. In Sippersfeld wäre es unmöglich gewesen, mit einem Afrikaner zu reden oder mit einem auszugehen. Dafür liebte Vera Paris. Hier war es gleich, woher man kam, welche Sprache man sprach. Nur die Sprache des Herzens zählte. Vera erkundigte sich neugierig nach Marufs Geschichte und wie er seinen Weg nach Paris gefunden hatte. Maruf war aus Marokko nach Paris gekommen und durch seine Handelsbeziehungen in sein Heimatland hatte er hier einen Delikatessenstand eröffnen können.

»Wenn ich hier genug Geld verdient habe, dann eröffne ich ein Restaurant.«

Maruf entblößte seine weisen Zähne und lächelte über das ganze Gesicht.

»Und was führt dich nach Paris, kleine Dame?«

»Ich arbeite als Schneiderin für Louane.«

»Ach was, die Kleine wird der nächste Star auf dem Laufsteg werden Maruf, das sag ich dir.«

Louane stopfte sich den Couscous mit der Gabel in den Mund, als hätte sie seit Tagen nichts gegessen. Vera müht sich ab, im Stehen nicht zu kleckern.

»So, ein Model. Ja das passt auch viel besser zu so einer schönen Frau, wie eine einfache Schneiderin.«

Vera errötete. Maruf betrachtete sie ohne Scheu von oben bis unten sehr eindringlich.

»Weißt du, wenn die Madame hier dir zu hart wird, dann komm einfach zu Maruf. Ich tröste dich dann bei einem kleinen Spaziergang durch das arabische Paris.«

Seine Augen hefteten sich auf ihre und Vera konnte seinem Blick nicht ausweichen. Sie fühlte sich geschmeichelt. Seit den Tanzabenden von früher war ihr nicht mehr so offen der Hof gemacht worden. Kurz war sie irritiert, doch es gefiel ihr. Zu wissen, diese Anziehungskraft noch zu haben, löste ein Kribbeln in ihrer Bauchgegend aus.

»So ich glaube, Sie müssen mir dann mal bei Gelegenheit Ihr Paris zeigen.«

Louane sah kurz auf. Es störte sie nicht, dass Vera auf Marufs Flirten einging, es wunderte sie nur. Anscheinend lief es zwischen ihr und Albert nicht so gut. Louane machte sich zum Teil dafür verantwortlich. Schließlich hatte sie Vera emotional zugesetzt und sicher war das auch nicht an Albert vorübergezogen. Sie bemerkte auch, dass Vera nie von ihrer Ehe sprach, was untypisch für Jungvermählte war, die noch auf Wolke sieben schwebten. Sie beobachtete Vera von der Seite, wie sie errötete und mit Maruf weiterflirtete. Natürlich hatte sie keine ernsten Absichten, aber allein das Posieren und die gezielte Zweideutigkeit ließen Louane aufhören. Sie nahm den letzten Bissen in den Mund und nahm sich vor, Vera mal bei Gelegenheit etwas genauer zu ihrer Beziehung zu befragen. Sie fühlte sich nicht nur für den Erfolg, sondern auch zwischenmenschlich für sie verantwortlich. Sie war zu einer Freundin geworden, etwas, was Louane seit sehr langer Zeit nicht mehr gehabt hatte.

»So Maruf, jetzt muss ich dir die Schönheit hier aber wieder entführen. Und gib dich keiner Illusion hin. Die liebe Vera hat ihren Liebsten schon geheiratet.«

Vera warf Louane einen scharfen Blick zu. Natürlich hatte sie kein Interesse an einer Affäre, aber das ihre Freundin ihr so unverhohlen und offen einen Strich durch die Rechnung zu machen schien, gefiel ihr nicht. Schließlich konnte sie gut selbst für sich sprechen.

»Bitter getroffen bin ich. So eine Schönheit nicht gewinnen zu können. Ach, ich armer Mann. Aber dennoch hat mir die Unterhaltung mit Ihnen sehr gefallen Fräulein Vera. Falls Sie mich unverfänglich dennoch auf einen Spaziergang begleiten wollen würden, hier ist meine Telefonnummer. Unter dieser erreichen Sie mich ab fünf Uhr.«

Maruf schob Vera die Karte rüber und diese nahm sie und steckte sie in ihre Manteltasche. Sie konnte sich auch nicht erklären, warum sich das gut und richtig für sie anfühlte. Vielleicht weil die Unterhaltung mit Maruf so einfach gewesen war. Ja leicht und beflügelt hatte sie sich gefühlt. Ihre Gespräche mit Albert waren zurzeit das Gegenteil. Louane wollte erst Vera auf die Karte ansprechen, nachdem sie sich von Maruf verabschiedet hatten. Wollte ihr von der Versuchung abraten, aber sie sah den nachdenklichen, fast traurigen Blick von Vera und erkannte das sie nicht an Maruf, sondern an Albert dachte. Etwas musste da zwischen den beiden vorgehen. Sie erkannte, dass Vera nicht der Sinn nach einem Liebesabenteuer stand, sondern das sie lediglich die kurze Bestätigung gebraucht hatte. Louane führte Vera weiter durch den Markt. Diese blickte von Stand zu Stand. In Gedanken war Vera schon wieder bei ihrem Entwurf und der Suche nach dem richtigen Färbemittel. Albert hatte sie schon wieder vergessen.

Ostpreußen 1945

Sie schmeckte Eis. Wo die Kugeln einschlugen, flogen Eisbrocken in die Luft und landeten auf ihren Rücken. Es pfiff in ihren Ohren. Sie lag mit dem Gesicht nach unten. So schnell hatte Erich sie auf das Eis geworfen. Sie schmeckte jetzt das Blut an ihren Lippen, wo sie mit dem Mund aufgeschlagen war. Immer wieder wurde das Geräusch der Motoren leiser und dann wieder lauter. Anfangs hatte sie die Flugzeuge gar nicht im Geschrei der Menschen gehört, doch mit der Zeit waren keine Menschen mehr zu hören und schließlich entfernte sich auch das Geräusch der Motoren. Langsam richteten sie sich wieder auf. Während Erich ihrer Mutter half, wischte Vera sich den Schnee und das Eis aus den Augen. Das helle Licht brannte ihr in den Augen und sie musste mehrmals blinzeln, um wieder klar sehen zu können. Überall waren Löcher im Boden und sie entdeckte dunkelblaue Pfützen. Wie Augen, die vorher geschlafen hatten. Überall lagen Menschen und Pferde. Einige waren schon aufgestanden. Aber viele blieben liegen. Vera entdeckte in einiger Entfernung auch die Kinder, die fangen gespielt hatten. Sie hatten sich auch in den Schnee geworfen. Aber auch sie blieben liegen. Vera ging zu dem Mädchen. Sie lag mit dem Rücken auf dem Eis und ein roter Fleck zog sich über ihre Brust. Ihre Augen starrten in den Himmel.

»Warum, bleiben die alle liegen?«

Vera bemerkte nicht, wie ihr Körper zu zittern anfing. Sie konnte ihren Blick nicht von dem Mädchen abwenden.

»Die wurden getroffen.«

Minna schnallte sich ihre Säcke wieder um und Erich ging zu Vera, um sie weiterzuführen. Die Toten ließen sie liegen. Sie gingen weitere Stunden. Immer wieder kamen sie an den Überresten der letzten Karawane vorbei. Vera zählte die Toten. Es kam ihr komisch vor, an ihnen vorbeizugehen, ohne sie zu grüßen. Da sie ihre Namen nicht kannte, gab sie ihnen Nummern und so grüßte und zählte Vera gleichzeitig jeden Toten. Am Abend sahen sie Lichter am Horizont auftauchen. Sie hatten Pilau erreicht. 758 Tote hatte Vera an diesem Tag gezählt. Soldaten schrien und drängten die Menschen auf Lastwagen. Minna drückte Erich an sich und vergrub sein Gesicht in ihrem Mantel, damit er nicht gesehen wurde. Vera klammerte sich an ihre Mutter und so wurden sie verladen und in eine Turnhalle gebracht. Dort war es nicht wärmer als draußen, aber man spürte den Wind nicht. Sie saßen die ganze Nacht zusammen.

»Leg dich schlafen Vera, es ist noch ein weiter Weg.«

»Müssen wir den auch laufen?«

»Nein, sie werden uns auf Schiffe verteilen und dann fahren wir über die Ostsee.«

»Kommen wir auf das gleiche Schiff Mama?«

»Klar Vera. Sie trennen uns nicht, das können sie gar nicht.«

»Ich will aber nicht mit dem Schiff fahren.«

»Warum nicht?«

»Wenn die Flugzeuge wiederkommen und die Schiffe treffen, dann sinken die doch und ich kann nicht schwimmen.«

»Wer erzählt dir sowas?«

»Ich habe es draußen von den Soldaten gehört.«

»Wir müssen es trotzdem versuchen, es ist der einzige Weg. Und keine Widerrede.«

Mit einer scharfen Handbewegung beendete ihre Mutter das Gespräch. Vera dachte an die blauen Pfützen auf dem Eis zurück und wie die Toten darin versunken waren. Sie träumte von ihrem Haus und ihrem Bett. Doch immer wieder erschienen ihr die blauen Augen aus Wasser. Sie sah Menschen darin verschwinden und Pferde. Alles verschwand. Sie wusste nicht, wie Schiffe versanken, aber in ihrer Vorstellung verschwanden sie einfach in einem blauen Abgrund.

Paris
1957

Albert stand am Fenster und schaute seiner Frau hinterher. Sie war früh am Morgen aufgestanden, hatte sich leise fertig gemacht und war so leise verschwunden, dass kein Geräusch sie verriet. Doch sie hätte ebenso gut laut wie ein Elefant sein können. Albert lag die ganze Nacht wach neben ihr und als sie am Morgen dachte er würde schlafen, hatte er nur so getan und jeden ihrer Schritte mitverfolgt.

Diese Schritte waren ihm inzwischen so vertraut wie seine eigenen. Das Kreisen der Füße nach dem Aufstehen. Das Glattzupfen ihres Morgenrocks. Die sieben tapsenden Schritte ins Badezimmer. Sieben nasse Schritte zurück ins Schlafzimmer. Das Rauschen des Stoffes, wenn sie ihn über den Kopf zog. Sieben weitere Schritte und ein kleiner Windzug vom Rock und sie war im Wohnzimmer. Ratschen der Vorhänge und das Knarren der Fensterläden. Sie lüftete jeden Morgen und ließ das Morgenlicht das Zimmer fluten. Drei Schritte und dann Stille. Sie hatte sich auf den Sessel gesetzt und saß da fünf Minuten und beobachtete die Sonne und die Vögel in den Bäumen vor ihrem Hotel. Dann weitere vier Schritte, ein Klick und sie hatte die Tür erreicht. Ein weiterer Klick und sie war draußen. Nun würde sie im trip trap trap, trip trap trap Schritt die Treppe runtergehen. Sie hatte immer einen hopsenden Gang dabei, wie ein Kind, das Himmel und Hölle spielte. Albert kannte diese Schritte so gut und es schmerzte ihn, dass der Abstand zwischen kommenden und gehenden Schritten immer kleiner wurde. Sie kam spät und schlich sich früh weg. Nun auch noch an einem Samstag. Zu all dem sagte Albert nichts. Er nahm es zur Kenntnis.

Seine Freunde würden sagen, er ließe sich einen Bären aufbinden und dass sie ihn hintergehen würde. Doch Albert fragte seine Freunde nicht. Eben weil er nicht hören wollte, was sie dachten und zum einen, weil er es selbst dachte. Viele Frauen in Paris führten mehrere Beziehungen und Vera war jung. Hatte er das Recht, ihr sowas zu verbieten? Natürlich hatte er das Recht, er war schließlich ihr Mann. Doch als er so dastand am Fenster und seiner Frau nachblickte, die im unbeschwerten Schritt über die Straße ging und sich anscheinend an dem kühlen Morgenwind erfreute, vermochte er nicht mehr zu glauben, dass er so viel Macht über sie hatte. Nein, er könnte ihr niemals etwas verbieten. Er liebte sie und sie ihn auch. Er sah ihr nach, bis sie in der Metrostation verschwand. Solange sie immer wieder kam, würde er hier auf sie warten, beschloss er in diesem Moment für sich. Albert löste sich vom Fenster, aber brachte es nicht übers Herz, es zu schließen. Die Fenster öffnete und schloss immer Vera. Heute hatte sie es vergessen. So blieb das Fenster an diesem Samstag offen.

Ostpreußen
1945

»NEEEEIIIIIIIN, NEEEEIIIINNN«

»Komm schon, mach kein Theater«, Erich versuchte Vera die Treppe in den Laderaum runterzuschieben. Doch sie stemmte sich mit ihren Beinen links und rechts an der Wand dagegen. Sie hatten noch eine Woche warten müssen, ehe sie einen Platz auf einem Schiff bekamen. Und Vera hatte die ganze Zeit heimlich gehofft, sie müssten nicht fahren. Jede Nacht hatten sie die Albträume heimgesucht. Immer wieder verschlang das blaue Auge alles, was es zu fassen bekam. Veras Angst vor dem Wasser war von Tag zu Tag in ihr gewachsen.

»Komm schon Junge, auf geht's wir haben nicht den ganzen Tag, los jetzt oder ich mach der Kleinen Beine.«

Der Wachmann wurde ungeduldig. Er musste noch 500 weitere Menschen verladen und dieses Gör machte einen regelrechten Aufstand. Erich packte Vera mit beiden Armen und schleppte sie die restliche Treppe hinunter. Vera schrie und schlug auf ihn ein.

»Nicht hier runter, lass mich, ich will nicht ins Blaue.«

Aber keiner reagiere auf ihre Rufe, keiner kam und befreite sie aus den Armen ihres Bruders. Alle saßen stumm da und schauten auf ihre Füße. Vera schrie immer verzweifelter.

»Hilfe, ich will nicht, Hilfe.«

Im nächsten Moment donnerte ihr Kopf an die Schiffswand. Erich hatte ihr einen Schlag mit der Hand ins Gesicht gegeben. Ihr ganzer Kopf dröhnte und ihre Wange brannte.

»Hör auf damit, denkst du immer nur an dich, schau dich um, du dumme Kuh. Denkst du, du bist die Einzige, die Angst hat?«

Erich war wütend auf seine Schwester. Er deutete mit dem Finger auf die Tragen in der Ecke.

»Denkst du dumme Gans, die dort wollen hier sein. Die bluten, damit du überlebst. Kapier es endlich. Keiner will hier sein. Sei froh, dass du in einem Stück hier bist. Und jetzt halt dein Maul.«

Vera hielt sich mit den Händen die Wange. Minna kam kurze Zeit später. Sie stellte aber keine Fragen zu Veras Wange und Vera wollte Erich nicht verpetzen. Sie schämte sich. Sie schaute zu den Tragen rüber. Von da kam ein Gestank nach Urin und vergammelten Fleisch herübergeweht. Am liebsten hätte sich Vera übergeben. Sie hielt sich die Hand vor den Mund. Das Schiff bewege sich von einer Seite zur anderen und manchmal von oben nach unten während der endlosen wirkenden Fahrt. Veras Magen hatte schon längst kapituliert und sie übergab sich nun regelmäßig auf ihre Füße. Es gab keinen Eimer und so vermischte sich ihre Kotze mit der Scheiße und dem Urin auf dem Boden. Wenn Vera den Kopf an die Wand lehnte, konnte sie die Wellen gegen das Schiff schlagen hören. Innerlich starb sie vor Angst. Nur diese Wand hielt das Wasser draußen und wenn sie das Wasser hören konnte, dann war diese Wand nicht sehr dick. Der Gedanke verursachte ihre Übelkeit und sie würgte, aber es kam nur Galle. Sie spuckte die gelbe Flüssigkeit aus und beobachtete wie sich ihre Galle mit dem restlichen Erbrochenen und den anderen Fäkalien auf dem Boden des Frachtraumes vermischt. Eine braune stinkende Suppe. Vera würgte erneut.

Paris
1957

»Gleich sind wir da, dann wirst du das beste Gemüse von ganz Paris kosten. Saftig und reich an biologischen reinen Farbstoffen. Du wirst es sehen.«

Inzwischen zweifelte Vera nicht mehr an Louane. Der Ausflug auf den Markt hatte sich jetzt schon gelohnt. Nachdem sie Maruf verlassen hatten, waren sie durch mehrere Hallen gewandert. Vera hatte bei mehreren Trödlern Halt gemacht. Der eine hatte ihr ihre Absätze neu aufgesetzt und poliert. Das hatte Vera schon lange machen wollen. Das Kopfsteinpflaster hatte ihren Schuhen doch sehr zugesetzt. Aber nun strahlten sie wie neu und sie fühlte sich wieder sicher in ihren Schuhen. Am anderen Stand hatte sie sich ein Taschentuch mit ihren Initialen machen lassen. Die Hände der Näherin waren so flink und ohne jede Vorlage über das Tuch gewandert, das Vera beeindruckt zusah. Selbst mit der Maschine schaffte Vera nicht so feine Stickungen.

»Wie haben Sie das gemacht?«

Vera hielt das fertige Tuch in den Händen. Die Naht saß so sicher, fein und fest auf dem Stoff und die Buchstaben verliefen kerzengrade am Rand entlang.

»Ich nähe schon so lange, dass ich da nicht mehr hinsehe. Aber wenn du es wirklich wissen willst mein Kind, dann komm her.«

Die alte Dame klopfte neben sich auf die schon abgewetzte Lederbank und mitten im Trubel des Marktes lernte Vera von der alten Näherin, wie man die präzise Naht auf jedem Stoff sicher stach.

»Du darfst beim Einstechen nicht zu hart gegen den Stoff drücken. Warte, bis er durch den leichten Druck von allein nachgibt. So leierst du das Gewebe nicht aus und die Nadel bleibt länger spitz. Wenn du dann den Faden durchziehst. Sei schnell. Der Faden muss sich durch das schnelle Durchziehen etwas erhitzen. So siehst du. Dann lösen sich auch die letzten Wollreste vom Faden und deine Naht sieht sauberer aus als ein Hemd am Waschtag.«

Die alte Frau behielt recht. Schon nach kurzen Wiederholungen wurde Veras Naht besser. Louane schaute ihr über die Schulter.

»Hol mich doch der Teufel. Sowas habe ich noch nicht gesehen. So müssen wir das mit den Blüten für das Kleid machen. Die Maschinen sind zu grob für die feinen Stoffe und das Garn zu dünn, aber so könnte es gehen. Wir müssten dann jede Blüte in Handarbeit festnähen, Vera, aber ich glaube, so bekommen wir tatsächlich deinen Effekt in die Realität umgesetzt.«

Louane klatschte in die Hände. Vera ließ sich ihre innere Erregung diesmal nicht anmerken. Ruhig und schnell nähte sie zu Ende. Natürlich hatte Louane recht. Aber Vera genoss den Stolz der Entdeckung und der neuen Fähigkeit. Es schadete nicht, sie ein wenig feiern zu lassen. Mit dem neuen Tuch in der Tasche durchquerten sie das letzte Stück des Marktes. Und schon von weitem wusste Vera, auf welchen Stand Louane zusteuerte. Der Stand war in der hintersten Wand des Marktes aufgebaut. Er war aus massiven Steinen gezimmert worden und vor dem Stand waren unzählige Reihen an Kästen aufgebaut. Von draußen erblickte man in dem Stand nochmal ebenso viele Regale, die sich bis an das Dach des Standes hochrankten. Alle gefüllt mit Gemüse und Obst in den prächtigsten Farben und Sorten. Über dem Eingang zog sich ein Schild.

Ein Apfelstück
bringt Glück

Louane ging gradewegs in den Laden, doch Vera blieb draußen stehen und betrachtete das Schild genauer. Die Schrift, der Spruch. Das alles hatte sie doch schon vor vielen vielen Jahren gesehen. Drinnen hörte sie Louanes fröhliche, helle Stimme. Und eine andere Stimme. Eine alte verbrauchte Stimme voller Wärme, wie man sich eine Märchenerzählerin vorstellen würde. Vera ging in den Laden und sah Louane mit einer sehr alten Frau reden. Vera hörte nicht auf Louane, sondern betrachtete die alte Frau. Ihre Gedanken suchten nach der Verbindung. Louane deutete auf Vera und die alte Dame wandte sich ihr zu. Und plötzlich wusste Vera, wer die alte Dame war. Wie oft hatte sie doch diese warmen Augen freitags gesehen, wenn sie ihr ein Stück Apfel zum Abschied in die Hand drückten.

»Frau Goldheim?«

Vor ihr stand die alte Frau Goldheim. Jeden Freitag war sie mit ihrer Mutter nach Königsberg gefahren, um bei ihr frisches Obst einzukaufen. Jedes Mal war Vera freiwillig den langen Weg mitgegangen, denn Frau Goldheim beschenkte jeden Kunden mit Apfelstücken und Kinder beschenkte sie immer sehr großzügig. Für den Geschmack dieser Äpfel wäre Vera noch zehn Mal weitergelaufen. Sie erinnerte sich noch genau an dem Tag, als sie voller Vorfreude sich mit ihrer Mutter auf den Weg gemacht hatte, doch den Laden geschlossen vorfand. Ihre Mutter war um den Laden herumgeschlichen. Die Fenster waren eingeschlagen und die Tür aus den Angeln gehoben worden. Damals waren sie ohne Äpfel wieder nach Hause gefahren.

»Nun haben sie die auch geholt.«

Das hatte ihre Mutter damals immer wieder gesagt. Später ging das Gerücht rum, die Goldheims seihen schon nachts davongelaufen und nach Amerika geflohen. Erich hatte ihr das erzählt. Er erzählte Vera auch, dass die Goldheims Juden waren. Vera hatte damals nicht verstanden, warum alle immer sagten dieser und jener sei Jude. Ihr war das egal, sie vermisste die Äpfel. Nun stand eben jene Frau Goldheim vor ihr. Sichtlich gealtert, aber unverkennbar.

»Woher kennen Sie diesen Namen?«

Die alte Frau wich ein Stück vor ihr zurück. Als hätte sie sich an Veras Worten verbrannt.

»Ich bin es Vera. Sie haben mir immer Äpfel geschenkt. In Königsberg. Erinnern Sie sich nicht?«

Louane sah fragend zwischen den beiden hin und her.

»Vera…? Das kann nicht sein. Ich träume. Du bist die kleine Vera Schönfeld aus Heiligenbeil.«

Die Frau kam nun auf Vera zu und umklammerte ihre Hände. Vera wusste nicht, was sie sagen sollte. So sagte sie das, was ihr als Erstes in den Sinn kam.

»Sie sind ja gar nicht in Amerika!«

Lübeck
1945

Sie wurden rausgedrängt. Sehen konnte sie nichts, aber die Masse bewegte sich eh nur in eine Richtung, sodass man sich nicht umsehen konnte. Und es wäre unmöglich gewesen, die Richtung zu ändern. Das Schiff spuckte seine Passagiere aus. Als würde sich das Schiff übergeben, dachte sich Vera. Endlich konnte sie frische Luft riechen. Die Überfahrt hatte Tage gedauert. Sie mussten Minen und U-Booten ausweichen und Vera hatte die ganze Zeit im Lagerraum gesessen und versucht das Geräusch der Wellen zu ignorieren. Sie wusste nicht mehr, was schlimmer war. Das Geräusch aus dem Lagerraum, oder das Geräusch von draußen. Sie wollte sich die Ohren rausreißen.

»Komm Vera, wir haben es geschafft.«

Minna nahm Vera auf den Arm. Sie wehrte sich nicht. Sie hatte sich so oft übergeben, dass sie zu schwach war, Widerstand zu leisten oder auf ihren eigenen Beinen zu stehen.

»Müssen wir wieder auf ein Schiff Mama?«

Vera wusste, dass sie noch eine Überfahrt nicht überleben würde. Albträume von Schiffen unter dem Wasser und Wasser in ihrer Lunge hatten sie wachgehalten und sie hatte sich geschworen, kein Schiff mehr zu besteigen oder gar zu schwimmen.

»Nein mein Schatz, wir sind in Lübeck, im Deutschen Reich jetzt geht es ohne Schiff weiter.«

Minna war auch erschöpft. Sie hatte, so gut es ging den Verwundeten geholfen, ihre Wunden gesäubert und Blutungen gestillt.

Der Lagerraum war eine Mischung aus einem Lazarett und Flüchtlingen gewesen. Sie hatten Glück, wenn die Alliierten es rechtzeitig sahen, bombardierten sie keine Lazarettschiffe. Das war gegen das Kriegsrecht. Aber wer hielt sich jetzt noch mit solchen Formalien auf. Schlimmer als die Bomber waren die U-Boote. Das Schiff vor ihnen war getroffen worden und sie hatten gehört, dass es vollständig gesunken sei. Nur eine Handvoll hätten überlebt.

»Wohin sollen wir jetzt?«

Vera war am Ende. Sie wollte wieder in ein Bett und so tun, als wäre das nie passiert, als wäre sie gar nicht da und alles ein böser Traum. Minna schaute erst ihre Tochter, dann ihren Sohn an und sie wusste keine Antwort. Das ganze Land stand Kopf. Keiner scherte sich um eine Mutter mit zwei Kindern und zum ersten Mal wusste sie nicht weiter. Hauptsache leben, um mehr ging es ihr nicht.

Paris
1957

Vera und Frau Goldheim umarmten sich. Und Louane sah mit offenem Mund zu.

»Ihr kennt euch?«

»Louane, ich habe dir doch neulich von den Goldheims erzählt, wo wir früher einkaufen, gingen. Das ist Frau Goldheim.«

»Non, non ma cherie das kann nicht sein. Das ist Rosalie Aurél.«

Beide sahen jetzt die alte Frau an. Diese hielt immer noch Veras Hände umfasst und fuhr mit ihren Fingern sanft über ihre Handrücken. Sie blickte von Louane zu Vera, als könne sie nicht glauben, beide gleichzeitig zu sehen. Sie zog die Luft ein, als bräuchte sie extra Kraft, um die Worte herauszubringen.

»An dieser Verwirrung bin ich wohl schuld, Madame Louane bitte seien Sie mir nicht böse, dass ich mich Ihnen nicht offenbart habe. Aber damals habe ich wie so viele die Chance genutzt und mich hinter einem neuen Namen versteckt. Und mit der Zeit habe ich den Alten völlig vergessen. Ja, damals ging es für mich wahrlich ums Überleben und dann habe ich danach, als es vorbei war, einfach beschlossen so weiterzuleben. Es erschien mir falsch, vergangenem nachzutrauern. Doch jetzt. Jetzt sehe ich dich Vera, Kind und es ist, als wäre alles wieder da. Der Krieg, Königsberg, mein Harald. Entschuldige Kind, wenn ich dich so festhalte, aber ich habe nicht damit gerechnet, dass die Vergangenheit irgendwann hier vor mir steht. Entschuldigt mich, ich brauch kurz, um das zu verarbeiten.«

»Also sind Sie wirklich aus Ostpreußen und kennen Vera und ihre Familie?«

»Ja, es ist genauso wie sie es erzählt. Sie kam immer freitags mit ihrer Mutter. Deine liebe Mutter Vera. Sie blieb uns stets eine treue Kundin und hat immer eine Extramünze dabeigehabt. Wie ist es ihr ergangen?«

»Gut Frau Goldheim, Entschuldigung Frau Aurél. Wir sind 1945 geflohen und leben jetzt im Westen in einem kleinen Dorf.«

»Ach, wie gut zu wissen, dass die guten Menschen überlebt haben.«

»Aber Frau Aurél wir dachten, Sie wären nach Amerika geflohen. Wie kommt es, dass sie jetzt hier sind?«

Vera war überwältigt die alte Dame wieder zu sehen. Und konnte es kaum fassen, dass man sich nun nach all den Jahren tausende Kilometer entfernt auf einem Markt wiedertraf. Sie strich ihrerseits über die alten Hände. An manchen Stellen war die Haut eingefallen und die Adern traten deutlicher hervor, als Vera es in Erinnerung hatte, aber es waren die Hände von Frau Goldheim, die Vera aus ihren Kindheitstagen kannte. Sie sah der alten Frau an, dass sie mit diesen Tagen keine guten Erinnerungen verband, und bekam Schuldgefühle, das gerade sie diese Gefühle in ihr wieder hervorrief.

»Das mein Kind ist eine lange Geschichte. Kommt mit hinter. Hier vorne versteht man sein eigenes Wort nicht.«

Frau Aurél schloss die Tür und hängte das »Geschlossen-Schild« vor den Eingang. Sie führte Vera und Louane nach hinten in den Laden. Durch das Steingebäude war der Innenraum sehr kühl und die beiden nahmen dankend den Tee an, den Frau Aurél ihnen reichte. Sie saßen auf Klappstühlen und tranken schweigend.

»So, wo fange ich am besten an. Wie du weißt Vera, wurde es in Deutschland immer gefährlicher für Juden zu leben. Schließlich verboten sie uns eines Tages das Ausüben unserer Berufe und es wurde allen untersagt, bei Juden zu kaufen. Unser Geschäft ging nach und nach bankrott. Mein lieber Mann, Gott hab ihn selig, wusste nicht mehr ein und aus. Es war nur noch eine Frage der Zeit, bis sie auch die restlichen Juden holen würden, um sie in Ghettos zu sperren oder Schlimmeres mit ihnen zu machen. Mein lieber Harald wusste, dass wir das nicht überleben würden. Deine Mutter war eine unserer letzten verbliebenen Kundinnen und auf Geld war nicht mehr zu hoffen. Also versuchten wir, über die jüdische Gemeinde in Amerika Reisevisa zu bekommen. Die vergaben aber keine Pässe mehr an deutsche Juden nur noch an Französische oder Spanische. Die deutschen Juden hatte man im Ausland schon aufgegeben. Man versicherte uns Visa, wenn wir es bis nach Frankreich schaffen würden. So machten wir uns auf den Weg. Es war nicht einfach, aber durch viele Menschen, die uns versteckten und uns halfen weiterzureisen, schafften wir es tatsächlich an die Grenze. Doch sie entdeckten uns und ein paar andere Flüchtlinge im zweiten Boden des Lasters. Ich konnte mich aus dem Griff des Soldaten befreien und rannte in den Wald, ich rannte und rannte, bis ich einfach zusammenbrach. Am nächsten Morgen fand mich ein Jäger. Er nahm mich mit zu sich und so kam ich in das erste französische Haus. Ich hatte es über die Grenze geschafft. Doch Harald hatten sie gefasst und für ihn gab es keine Chance zur Flucht. Ich blieb einige Zeit bei dem Jäger und seiner Frau, in der Hoffnung, Harald würde mich finden. Doch irgendwann gab ich es auf, verabschiedete mich und tauchte in Paris unter. Schnell änderten sich auch hier die Dinge und die Deutschen kamen Paris immer näher. Ich war am Ende. Doch das Glück war diesmal mit mir. Der Mann, bei dem ich bisher mich versteckte, hatte ein großes Herz. Und so nahm er mich zur Frau. Aus Goldheim wurde Aurél. Und ich war keine Jüdin mehr. So überlebte ich.

Mein lieber Georg ist nun auch schon tot und so bin nur noch ich da. Ja, so kam alles.«

Vera hörte der Geschichte zu. Der Krieg hatte alle durchgerüttelt. Viele eigenartige Wege war das Leben gegangen. So saßen sie da auf ihren Klappstühlen. Eine Schneiderin, die das KZ überlebt hatte, eine jüdische Verkäuferin, die als Christin dem Krieg entging und ihr, einer jungen Frau, die übers Eis ging und nicht versank. Wie wahrscheinlich war ihr Zusammentreffen? Und doch saßen sie hier. Vera war froh, dass die dunkeln Zeiten vorbei waren. Hoffentlich würden jetzt hellere und bessere Zeiten anbrechen.

Lübeck 1945

Es war dunkel und überall roch es nach Rauch. Zuerst war Vera froh gewesen, aus dem Schiff rauszukommen, doch Lübeck erwies sich einfach nur als große Todeskammer. Schon vor fünf Jahren war die Stadt völlig zerstört worden. Die Kirchen sahen aus wie große Skelette und die Straßen waren voller Steine. Vera hatte in einem alten Buch mal Bilder von Lübeck gesehen. Sie konnte nicht glauben, dass das dieselbe Stadt war. Keine Fachwerkhäuser nur ausgebrannte Dachstühle. Warum hatte ihre Mutter sie hierhergebracht? Zu Hause gab es zwar auch einige Bomben, aber hier gab es mehr Tote als Lebendige. Vom Hafen wurden sie durch die Stadt getrieben, immer wieder hielten sie an und einige wurden in Keller oder Lagerhallen geschoben. Sie aber wurden immer weitergetrieben. Vera zählte wieder die Toten. Das Zählen hörte nicht auf. Auf dem Eis und im Schiff hatte man die Toten noch zählen können. Doch Vera war sich nicht sicher, wie sie einen halben Arm oder ein Bein zählen sollte. Schließlich wäre es falsch ihn nicht zu zählen, aber als ganzer Mensch ging sowas ja nicht durch. Mit solchen Gedanken quälte sich Vera den Weg über. Sie sah Körper auf unmenschliche Art verdreht am Boden liegen und wünschte sich beinahe, Erich möge ihr wieder die Hand vor die Augen halten. Doch Erich blickte stur grade aus. Vera dachte zuerst, er wäre konzentriert oder sowas in der Art, aber sie merkte, dass ihr Bruder zitterte. Dabei war es hier doch nicht mehr so kalt. Der Rauch brannte Vera im Hals und sie musste ständig husten. Minna sah ihre Tochter besorgt an. Sie wusste um die Zerstörung der Stadt, aber es war der einzige Anlaufpunkt für sie. Wenn sie nur schnell aus der Stadt hinauskamen. Früher war sie mit Fritz hier gewesen. Sie erinnerte sich an die alten Straßen. Damals, vor so langer Zeit. Nun war sie wieder hier und musste, so schnell es ging, wieder weg.

»Mama, der Rauch kratzt mir im Hals und ich glaube, Erich ist kalt.«

»Alles gut Vera, wir werden bald einen Ort zugewiesen bekommen und du wirst sehen, alles wird gut werden.«

Minna sah besorgt zu Erich. Der Junge starte ins Leere und zitterte wahrhaftig am ganzen Leib.

»Erich, mein Junge bleib jetzt stark für mich und deine Schwester hörst du. Bleib stark.«

»Ich kann nicht Muuuttter, ich kaa kaa kann nicht. Ich hab das alles nicht gewusst. Daass das hat uns keinnner ge gesagt. Ich hab das nicht gewollt.«

Erich sackte auf den Knien zusammen. Vera verstand ihren Bruder nicht. Er war doch nicht schuld. Warum war er so traurig. Vera umarmte ihren Bruder. Vielleicht war er ja aus Versehen auf einen Toten getreten und schämte sich. Vera versuchte auch immer möglichst auf keinen zu treten. Das war schon schwer in den engen Straßen. Sie umarmte Erich fest. Die Soldaten schubsten sie weiter, aber sie spürte, wie Erichs Hände ihre ganz festdrückten. Sie lächelte ihn an.

Paris
1957

»So Kinder, ihr seid doch aber nicht hergekommen, um die traurige Geschichte einer alten Frau zu hören. Was sucht ihr?«

Vera brauchte ein paar Sekunden, ehe sie sich wieder gefasst hatte. Dann erzählte sie Frau Aurél von ihrem Vorhaben und warum sie hergekommen waren.

»Ah, färben wollt ihr. Gut, dass ihr hier seid. Wenn ihr die Farbe generieren wollt, dann geht das nicht mit allen Sorten. Was für Farben braucht ihr?«

»Violet und Rot.«

»Oh, da gibt es viele Möglichkeiten. Ich würde sagen, ich habe da genau das Richtige für euch.«

»Na siehst du Vera. Ich sagte doch, bei Rosalie bekommst du alles.«

»Jaja bei mir bekommt man alles, aber färben müsst ihr selbst.«

Rosalie packte ihnen zwei Säcke voll Blau- und Rotkraut ein.

»Hört zu, der Rote ist auf saurem Boden gewachsen. Der gibt euch den roten Farbton. Der Blaue auf alkalischem Boden. Den nehmt ihr für die violette Färbung. So Kinder und nun ab mich euch. Ich muss heute noch etwas verdienen.«

Sie schob die beiden zum Ausgang, kniff beiden in die Wangen und nahm das Schild wieder ab. Vor dem Laden hatte sich schon eine kleine Menschenmenge versammelt.

»Aber bevor ihr geht, hier.«

Frau Aurél reichte ihnen einen Teller mit Apfelstücken.

»Ein Apfelstück bringt Glück.«

Sie zwinkerte Vera zu. Vera lächelte. Manches ändert sich wohl nie. Sie war froh, etwas von der alten Frau Goldheim aus ihrer Kindheit in diesem Zwinkern zu sehen. Etwas aus dieser Zeit hatte sie sich also behalten. Vera freute es, dass sie einen Weg gefunden hatte weiterzumachen und war wiederholt erstaunt über den Überlebenswillen, der einigen Menschen gegeben war. Nach ihrem erfolgreichen Einkauf brachten die beiden ihre Waren zurück zur Schneiderei. Vera war zufrieden. Ihre Mutter hatte früher auch immer mal wieder so gefärbt und die Wolle hatte immer schöne Farben gehabt. Natürlich war das hier nichts im Vergleich dazu. Sie hatten es damals in einem alten Holzfass gemacht und nicht sonderlich durchdacht. Sie und Louane würden das nach industriellem Vorbild und Anleitung machen.

»Das wird ein Meisterwerk, Vera. In einer Woche ist die Saisoneröffnung. Ich habe dich schon angemeldet und alle sind richtig aufgeregt. Du wirst für und vor den größten Designern laufen. Ich habe es im Gefühl, dieses Jahr wir das Jahr der Moderevolution. Alles wird kopfstehen. In aller Welt werden sie wieder Paris nacheifern. Lauf einfach so wie beim letzten Mal. Kopf schön nach oben, Hüftschwung und nichts kann geschehen. Stell dir vor, einige wie Dior haben sich sogar an dich erinnert vom letzten Mal. Na, wie findest du das?«

Vera wusste nicht, ob ihr von den Worten schwindlig wurde, oder ob es an der Luftveränderung lag. Ihr wurde plötzlich übel und sie konnte es nicht zurückhalten. Sie schafft es grade noch an den Straßenrand zum Mülleimer, dort übergab sie sich.

»Ach du liebe Zeit, Vera was ist los?«

»Keine Ahnung, mir wurde plötzlich schwindlig und danach übel.«

»Komm, wir sind gleich da. Dann leg ich schnell die Sachen nach hinten und Henri soll dir einen Wagen rufen, so läufst du mir nicht durch die Stadt. Das lag bestimmt am Couscous, Maruf nimmt zu viele Gewürze, das sage ich ihm immer wieder.«

Vera wehrte sich nicht. Zwar mochte sie so viel Fürsorge nie, aber ihr war immer noch nicht ganz wohl zumute und die Aussicht, den Weg nicht zu Fuß laufen zu müssen, kamen ihr sehr gelegen. Sowas war ihr noch nie passiert.

Schleswig-Holstein
1946

»Was gibt es da zu lachen? Wollt ihr euch wohl beruhigen.«

Herr Rühler drehte sich zu seiner Klasse um. Schon den ganzen Morgen über waren sie unruhig gewesen. Er mochte es nicht. Sie hatten zuzuhören und gute Manieren zu haben.

»Aber Herr Rühler, die Katze da ist so lustig. Die sitzt da und will auch lernen.«

Ein Mädchen zeigte auf das Fenster. Und Tatsache, da saß eine Katze. Wer sich wohl diesen Scherz erlaubt hatte.

»Ruhe jetzt, lasst die Katze Katze sein. Fahren wir fort. Wo waren wir?«

»Können wir sie nicht zu uns rein lassen? Ach, bitte Herr Rühler.«

Die Klasse klatsche und johlte. Wo gab es den sowas, dachte Herr Rühler. Eine Katze im Klassenzimmer. Das fehlte grade noch.

»RUHE jetzt. Jeder der noch was sagt, bekommt eine auf die Hand. Ist das jetzt klar!«

Er war zufrieden mit seiner Ansprache. Die Kinder saßen still da und zogen die Köpfe ein. Wenigstens die Aussicht auf eine Tracht Prügel schien sie zu beruhigen. Immerhin etwas. Aber diese Katze saß immer noch da auf der Fensterbank und wirklich, sie starrte ihn direkt an. Die Katze musste weg.

»So und nun raus mit der Sprache, wem gehört die Katze?«

Schweigen in der Klasse.

»Muss ich deutlicher werde?«

»Vera, schau doch, Vera das ist doch eure Katze.«

Hilde stupste Vera leicht mit dem Ellenbogen an. Die kam aus ihren Tagträumen zurück und schaute nun Herr Rühler an, der sich vor ihr aufbaute.

»Schönfeld, stimmt das. Ist das deine Katze?«

»Eigentlich nicht, Herr Lehrer.«

»Und warum sagen die anderen, es wäre deine?«

»Ja das müssen Sie doch die anderen Fragen.«

Die Kinder kicherten.

»RUHE in der Klasse.«

Herr Rühler verlor die Geduld. Das Mädchen führte ihn an der Nase herum.

»Aber Vera schau doch, das ist doch die Katze deiner Mutter.«

Hilde konnte sich gar nicht mehr einkriegen.

»Schönfeld, letzte Mahnung. Ist das die Katze Ihrer Mutter.«

»So betrachtet ja.«

»Und warum haben Sie nicht gleich ja gesagt? Was soll der Unfug?«

»Naja, es ist ja nicht meine Katze, Herr Lehrer und Sie fragten, ob es meine wäre. Das wäre doch eine Lüge gewesen. Schließlich gehört sie meiner Mutter.«

Vera schmunzelte.

»RAUS, und zwar sofort. Entferne sofort dies Katze von meinem Fenster und sie zu, dass sie nie wieder da auftaucht.«

»Arme Katze, jetzt verpasst sie Mathe.«

»HINAUS.«

Vera beeilte sich, schnell aus dem Klassenzimmer zu kommen. Noch auf dem Gang konnte man das Lachen ihrer Kameraden hören. Draußen saß Susi immer noch auf dem Fensterbrett. Vera griff beherzt zu und steckte die Katze einfach in ihre Tasche. Zum Glück war die Katze nicht sehr groß.

»Kamst grade richtig Susi, auf Mathe hatte ich sowieso keine Lust.«

Vera streichelte der Katze über den Kopf. Diese fand es sehr gemütlich in der Tasche und beschloss, dass hier drinnen ein guter Platz für ein Nickerchen wäre. Vera lief die kurze Strecke nach Hause. Sie wohnten fast neben dem Schulhaus. Dort angekommen sah sie, dass ihre Mutter noch auf der Arbeit war und so setzte sie sich auf die Stufen vor dem Haus.

»Wie heißt es so schön: Schlafende Kinder und Katzen soll man nicht wecken.«

Vera streichelte die schlafende Katze. Nun, da die Katze in ihrer Tasche schlief, konnte sie ja nicht zurück zur Schule. So ohne Tafel und Kreide brachte die Schule recht wenig, das sah Vera ein. Also blieb ihr nichts anderes übrig, als zu warten, bis die Schule aus war, oder die Katze aufwachen und aus ihrer Tasche klettern würde, was auch immer früher kam. So döste auch Vera etwas in der warmen Sonne ein.

»Was tust du denn jetzt schon hier?«

Erich kam von seiner Morgenschicht auf dem Feld wieder und fand seine Schwester schlafend vor.

»Der Herr Lehrer hat mich heimgeschickt, um die Katze herzubringen, damit sie ihn nicht mehr stören tut.«

»Red doch keinen Unsinn, welche Katze denn bitte?«

»Na Susi schau hier.«

Vera hielt Erich die Tasche hin, doch die war leer. Susi hatte sich schon wieder einen neuen Schlafplatz gesucht.

»Vera, nehm mich nicht auf den Arm.«

»Oh dann ist sie wohl wieder entwischt. Hoffentlich nicht wieder zur Schule. Sonst platzt der Herr Lehrer.«

»Findest du das lustig. Du schwänzt den Unterricht und erzählst mir was von der Katze.«

»Ja, aber so war's doch. Nur weil du es nicht gesehen hast, musst du es noch lange nicht Unfug nennen. Ich sag die Wahrheit. Ob du es glaubst oder nicht.«

Vera stapfte mit dem Fuß auf, sie war zornig. Was bildete Erich sich ein. Spielte sich hier wie ein Erwachsener auf. Tat so, als wäre er ihr Vater. Der sollte sich mal um sich kümmern.

»Und außerdem bin ich schon viel schlauer als du. Ich geh in die Schule und du nicht. Ich kann besser lesen und rechnen. Du bist nur neidisch, weil du Mama helfen musst, wie ein Muttersöhnchen. Musst du immer hinter ihr herrennen? Total albern.«

Erich holte aus, aber Vera war schneller und schon rannte sie den Weg entlang. Er hasste sie. Wahrscheinlich, weil sie recht hatte. Er wollte anfangs zur Schule gehen, aber viel wichtiger waren doch jetzt Erwachsene, die beim Wiederaufbau halfen und die Felder bestellten. Er wollte seine Mutter unterstützen und so zog er mit auf die Felder. Das Schlimme war nicht, dass er nicht zur Schule konnte, sondern dass er wirklich Angst hatte, seine Mutter zu verlassen. Sie war doch jetzt allein und einer musste auf sie aufpassen. Mochten sie ihn doch alle Muttersöhnchen nennen. Die waren doch selbst noch grün hinter den Ohren. Denen würde er es schon zeigen. Aus ihm würde ein gemachter Mann werden, der hart arbeiten konnte. Doch tief im Herzen wusste Erich bereits, dass er dazu nicht das Zeug hatte. Er war schwach, er machte immer, was andere ihm sagten, gab nie Widerworte und selbst die Führung zu übernehmen, getraute er sich nicht. Aber das alles gestand er sich nur in seltenen Momenten ein. Es tat nur weh es aus dem Mund seiner nervigen Schwester zu hören.

»Was stehst du da rum Erich? Ich dachte, du hast nur kurz Pause. Warum bist du nicht wieder auf dem Feld?«

Minna kam die Straße entlang und hatte ihren Sohn beobachtet, wie er sinnlos in der Gegend rumstand. Was für ein Arbeiter.

»Ich hab Vera getroffen, die die Schule geschwänzt hat.«

»Ach ja und wo ist sie?«

Minna sah sich um. Keine Spur ihrer Tochter.

»Sie ist weggelaufen, sie hat mir was von der Katze erzählt und da … «

»Ah von der Katze. Sag mal, hast du keine besseren Ausreden für deine Faulheit Junge? Du ziehst auch noch deine kleine Schwester mit rein. Hör gut zu, lass das Kind in Ruhe und kümmre dich um dich. Und außerdem da hinten kommt sie mit Hilde pünktlich von der Schule. Und jetzt weg mit dir aufs Feld, ich will dich vor dem Abend nicht mehr sehen.«

Minna war sauer. Nun plagte sie sich den ganzen Tag den Rücken krumm im Stall und der Junge taugte nicht mal zur einfachen Feldarbeit. Erich stapfte derweilen mürrisch weg. Um die Ecke kam ihm die Katze entgegen. Dumme Katze dachte sich Erich. An all dem ist doch nur diese dämliche Katze schuld.

Paris
1957

»Wie geht es ihr, Herr Doktor?«

Albert war die ganze Stunde auf und ab gelaufen. Vera war am gestrigen Tag von einem Wagen der Firma gebracht worden. Sie hatte sich wohl übergeben und auch im Verlauf des Abends plagten sie Schwindel und Übelkeit. Albert machte sich Sorgen. Als sie am Morgen keinen Kaffee trinken wollte und sie immer noch ein unwohles Gefühl hatte, rief er den Arzt. Vera war zwar nicht begeistert und trotzig, doch er bestand darauf. Wenn es um die Gesundheit ging, sollte man nicht spaßen. Er hatte die ganze Anspannung nicht ertragen und hatte sich eine nach der anderen angesteckt. Hier in Paris hatte er erst richtig mit dem Rauchen angefangen. Es galt als guter Stil. Anfangs mochte er es nicht, doch grade jetzt war dankbar um die entspannende Wirkung.

»Es geht Ihrer Frau gut, Herr Krum.«

»Was fehlt ihr denn?«

»Nun da muss man erst abwarten, wie es sich entwickelt. Aber Ihre Frau hat von mir alle Ratschläge und Anweisungen erhalten. Alles liegt bei ihr. Seien Sie unbesorgt Herr Krum. Ich habe Ihrer werten Frau meine Karte dagelassen. Rufen Sie mich an, wenn Sie mich benötigen.«

Der Arzt setzte seinen Hut auf und verließ das Zimmer. Albert war genauso schlau wie zuvor. Konnten diese Ärzte nicht einfach mal Klartext sprechen. So wie Anleitungen. Klar, einfach eben Punkt für Punkt. Er beeilte sich, zu Vera zu kommen. Sie lag im Bett und blickte nachdenklich aus dem Fenster.

»Was ist mein Kätzchen? Was hat der Arzt gesagt?«

»Was hat er denn mit dir besprochen, Liebster?«

»Das man noch abwarten müsse und sich alles entwickeln würde. Was heißt das Vera?«

»Das heißt, was es heißt. Wir müssen warten.«

»Und wie geht es dir. Fühlst du dich besser?«

»Ja, der Arzt hat mir einen beruhigenden Magentee gegeben und es geht mir schon wieder gut. Ich habe sogar Hunger.«

»Ah, das klingt doch gut. Dann ist der Schrecken vorbei. Warte, ich bestelle uns Frühstück ans Bett, dann musst du nicht aufstehen und ich rufe auch gleich in der Firma, an das du heute unpässlich bist.«

»Mach das, mon cher.«

Vera lehnte sich im Kissen zurück. Wie lange würde sie wohl noch abwarten können? Wann würde sie es ihm sagen müssen. Sie sah zum Fenster hinaus. Wie konnte es nur passieren. Und obwohl Vera es zu unterdrücken versuchte, rollten ihr die Tränen die Wange herunter.

Schleswig-Holstein
1949

Immer einer nach dem andere stiegen sie auf den Wagen. Komisch, wie sich alles im Leben wiederholte. Als wäre das Leben eine immer wiederkehrende Abfolge der Dinge. Als würden sich nur die Statisten ändern. Diesmal waren es keine Soldaten in braunen Uniformen, die sie auf die Waagen hoben. Es waren Amerikaner, die in brüchigem Deutsch zu ihnen sprachen. Sie waren freundlicher im Ton, aber es bedeute das Gleiche, wie damals. Rauf auf den Wagen und weg, an einen neuen Ort.

»Komm Mama, ich halt dich.«

Nun stützte Vera ihre Mutter. Die Nachricht auf eine erneute Umsiedlung hatte sie hart getroffen. Sie war in den Jahren in Schleswig-Holstein wieder ruhig und glücklich geworden. Ihre hektischen Blicke hatten langsam nachgelassen und sie fand Anschluss bei den anderen Frauen. Viele waren Flüchtlinge gewesen und sie bildeten eine Art Gemeinschaft untereinander. Nun mussten sie wieder weg. Die Wurzeln wurden wieder ausgerissen und wer wusste denn schon, ob man sie am neuen Ort wieder einpflanzen durfte und konnte.

»Es geht schon Vera.«

Minna sah nun hoch zu ihrer Tochter. Die hatte einen Wachstumsschub nach dem anderen gehabt und überragte Minna nun um einen Kopf. Ganz der Fritz, sann Minna nach. Sie schaute rüber zu Erich, der sich neben ihr mit ihren wenigen Habseligkeiten abmühte. Er war nicht mehr gewachsen. Die Flucht hatte ihn mehr mitgenommen als seine Schwester. Er kämpfte oft in der Nacht mit Albträumen und versuchte, so gut es ging, durch Ehrenämter seine Hitlerjugendzeit wieder zu vergessen. Ihre Tochter war aus einem anderen Holz. Je mehr Widerstand, je stärker wurde sie. Vera stand immer mit mehr Kraft auf, als sie hingefallen war. Nach ihrer Ankunft war sie schnell mutig geworden und in der Gegend umhergezogen mit Hilde, dem Nachbarsmädchen. Minna hatte das gar nicht gefallen, ihre Tochter nicht zu sehen, aber Vera war nicht zu halten. So oft es ging, entzog sie sich ihren Blicken und entwickelte sich zu einem frechen Raufbold. Sogar dem Lehrer hatte sie freche Antworten gegeben. Aber Minna war stolz auf sie. Wenigstens ein Kind konnte sie retten. Für Vera würde es eine Zukunft geben. Wo auch immer die sein sollte.

Paris
1957

»Hast du die Temperatur Vera?«

»Oui, genau 65 Grad.«

Vera hatte sich nur einen Tag Auszeit gegönnt. Danach war sie wieder zur Arbeit gegangen. Schließlich blieb ihnen nur noch eine Woche. Louane hatte den versäumten Tag schon genutzt und den Blau- und Rotkohl kleingeraspelt und in unterschiedliche Töpfe gegeben. Vera hatte sich ihrerseits in ihrer Mittagspause mit dem Färbevorgang vertraut gemacht. Die geraspelten Stücke sollten für drei Stunden auf 65 Grad erhitzt werden. So würden sich Farb- und Wasserstoffe aus dem Gemüse lösen. Danach würden sie alles durch ein Sieb gießen und die Reste auch noch mal auspressen. Je nach Färbung würden sie dann noch Essig oder Wasser hinzugeben, um entweder mehr ins bläuliche oder rot zu gehen. Am wichtigsten war aber die gleichmäßige Wärmebehandlung der Rispen, damit sich alle Farbstoffe aus den Zellen extrahieren ließen. Vera fiel es schwer, sich noch auf die Arbeit zu konzentrieren. Immer wieder ging sie im Kopf die Schritte durch. Solch Handarbeit lag ihr gut. Früher hatte sie auch immer alles mit ihren Händen gemacht. Die maschinelle Arbeit hatte sie erst kurz vor Paris in der Firmenschulung gelernt. Nach wie vor bevorzugte sie die traditionelle Weise.

»Perfekt, dann haben wir immerhin schon eine Stunde hinter uns.«

»Noch zwei Stunden und wir können mit dem Sieben und Pressen beginnen.«

»Da kann es wohl jemand nicht mehr abwarten.«

»Ach, ich weiß auch nicht. Das ist so aufregend. Ich hätte nie gedacht, dass ich mal sowas können würde. In Sippersfeld habe ich oft davon geträumt, aber jetzt kommt mir alles so unwirklich vor.«

»Du machst dich viel zu klein. Schau mal Vera, du hast doch schon viel erreicht und der nächste Auftritt wird noch um einiges besser. Und danach liegt dir Paris zu Füßen, du wirst dich vor Angeboten nicht retten können. Also geh raus, prahle ruhig, man ist nur einmal jung, also sonn dich doch etwas, es wird dir keiner übelnehmen.«

»Meine Mutter hat immer gesagt, Mädchen gehe nicht mit deinen Fähigkeiten hausieren.«

»Papperlapapp, jetzt ist es Zeit, dass du an dich glaubst. Wo ist die Vera vom Laufsteg? Du hast alle umgehauen. Auch wenn ich damals noch böse sein wollte mit dir, muss ich sagen, du hast Talent gezeigt an dem Tag.«

»Wirklich?«

»Ich gebe zu, ich wollte es mir die Tage danach nicht eingestehen, aber du gehörst da absolut hin. Du bist so sicher gelaufen, so ein verträumter Blick. Alle haben sich in dich verliebt. Du hättest auch einen Kartoffelsack tragen können. Und dann als du gelächelt hast. Belle, trés belle.«

»Weißt du, woran ich da gedacht habe, da oben?«

»Woran?«

»An Schnee und einen zugefrorenen Fluss. Es ist ein bisschen wie Eislaufen. Rutschig, aber wenn man im Rhythmus läuft und die Linie im Blick behält, kann man großartige Kunststücke machen. Oder in dem Fall mit bahnbrechenden Absätzen laufen.«

Louane klopfte Vera aufmunternd auf die Schulter.

»Du wirst sehen Vera. Du wirst fabelhaft aussehen und eine Karriere wird beginnen.«

»Mh, vielleicht hast du recht.«

Vera wurde still und überprüfte die Töpfe. Sie überprüfte die Druckanzeige, sie ließ ein wenig Dampf aus dem Kessel ab, damit die Anzeige wieder im Normalbereich war.

»Wenn es im Leben nur auch so einfach wäre.«

»Was meinst du?«

»Druck ablassen, wenn es zu viel wird.«

Louane hatte Vera beobachtet und den inneren Konflikt von ihr gesehen, aber noch keine Gelegenheit mit ihr allein gehabt, um das Thema anzusprechen. Doch jetzt wo Vera indirekt selbst darauf zu sprechen kam, nahm Louane das Gesprächs Thema auf.

»Sag mal, wie steht denn Albert zu der Sache mit dem Modeln. Ich kenne ihn nicht besonders gut, aber er macht mir nicht gerade den Anschein, als wäre er der Typ mit der lockeren Lebensweise. Versteh das nicht falsch, aber er wirkt doch eher wie ein Gentleman der alten Schule und da frage ich mich, wie sich das mit deinen Lebensvorstellungen vereinbaren lässt.«

»Er weiß es nicht.«

»Wie, er weiß es nicht?«

Louane sah jetzt doch verblüfft zu Vera. Sie hatte mit etwas anderem gerechnet. Damit, dass Albert ihre Verbote machen würde, sie versuchen würde, zu Hause festzuhalten, das Arbeiten zu verbieten, aber dass er von all dem nichts wusste, verschlug ihr die Sprache. Was er wohl denken würde. Vera ging erst spät nachts nach Hause, seit sie zusammen an dem Entwurf arbeiteten. Suchte er nicht nach ihr? Fragte er sich nicht, wo sie war?

»Aber Vera was denkt er denn, wo du bist und was du tust? Bestimmt macht er sich Sorgen?«

Vera kniff sich in die Finger. Sie versuchte, die Tränen zu unterdrücken, doch sie kamen und ließen sie nicht halten. Sie rollten ihr über die Wangen und Vera gab es auf sie zu kontrollieren und es brach aus ihr heraus. Sie spürte es tief in sich hochkommen. Der Stein, der ihr auf der Brust lag, sie zuschnürte, wurde gesprengt.

»Er macht sich keine Sorgen, ihm ist alles egal. Was ich tu, ist ihm egal. Er fragt nicht, es interessiert ihn nicht. Aber das ist auch egal, weißt du. Es ist völlig egal, was er denkt, denn ich habe sowieso keine Wahl. Alles ist vorbei. Ich wollte es erst gar nicht, weil ich warten wollte. Doch dann war der Streit zwischen uns beiden und ich brauchte Trost und Bestätigung. So dumm war ich, dass ich alles vergessen habe, und jetzt ist es zu spät. Jetzt muss ich die Suppe auslöffeln. Er bekommt, was er will. Und weißt du warum? Weil ich schwach geworden bin. Jetzt wird er mich nach Sippersfeld schicken und da können dann er und meine Mutter sich die Hände schütteln.«

Vera war auf dem Stuhl zusammengesunken. Louane saß neben ihr und hielt sie fest. Sie konnte sich nicht auf alles einen Reim machen, verstand aber, dass Vera schon viel zu lange allein mit dieser Last herumlief. Sie ließ ihr Zeit, zur Ruhe zu kommen, ehe sie zu fragen begann.

»Magst du mir nicht sagen, was genau zwischen euch passiert ist?«

»Wir haben miteinander geschlafen. Er wollte es schon die ganze Zeit, ich wollte Zuneigung und Trost und jetzt bin ich schwanger.«

Louane dachte an die plötzliche Übelkeit auf dem Markt.

»Und warum musst du wieder zurück?«

»Weil meine Mutter und Albert es unansehnlich und anstoßend finden, ein Kind in einer Großstadt als arbeitende Frau großzuziehen. Darum soll ich, sobald wir Kinder haben, wieder zurück nach Sippersfeld.«

»Glaubst du nicht, dass er das einfach nur so gesagt hat, ohne dir damit etwas Böses zu wollen. Ich denke, er hat nur an das Naheliegendste gedacht.«

»Ja das weiß ich, im Grunde finde ich die Begründung mit der Unterstützung ja völlig richtig, aber ich dachte nicht, dass es mich schon so bald treffen wird. Ich bin dafür nicht bereit und ich weiß auch gar nicht, ob ich das will. Ich wollte immer auf den großen Laufstegen laufen und als ich die Chance hatte durch dich und Henri, habe ich sie sofort voller Eifer ergriffen. Aber weißt du, ich habe nie davon geträumt, Mutter zu werden und jetzt, wo es so weit ist, weine ich andauernd. Ist das nicht ein schlechtes Zeichen?«

Louane fuhr Vera über den Rücken.

»Es zeigt nur, dass du ein Mensch bist. Und Menschen haben Angst. Wer hätte das nicht bei einem so wichtigen Ereignis. Ich glaube, es ist falsch immer anzunehmen, dass man sich über diese oder jene Nachricht freuen muss. Und dass man bei der Nachricht einer Schwangerschaft erstmal überwältigt ist und dann weint, ist, wenn du mich fragst, viel normaler und wahrscheinlich häufiger als Freudentänze. Und Vera, wenn du es wirklich nicht willst, dann … «

»Nein, rede nicht weiter!«

Vera wusste, worauf Louane hinauswollte, doch allein der Gedanke daran versetzte Vera einen Stich.

»Dann hast du dir gerade eine Antwort gegeben, ob du es wirklich willst. Und jetzt brauchst du keine Angst mehr haben.

Zumindest nicht diese Art von Angst und Zweifel, ob du ein Kind möchtest.«

Vera hörte Louane zu und dachte über ihre Worte nach. Es stimmte, sie hatte nie über die Möglichkeit einer Abtreibung nachgedacht. Das wäre ihr nie in den Sinn gekommen. Irgendetwas in ihr wollte dieses Kind, sodass kein anderes Argument zugelassen wurde. Hatte sie diese Stimme in sich so überhören können? Waren alle anderen Stimmen nach Karriere, Unabhängigkeit in ihr so laut gewesen? Wie konnte sie diese Stimme überhören? Sie hatte nicht damit gerechnet, diese Seite zu besitzen, und war umso verwirrter, in sich jetzt diese Wärme zu spüren, wenn sie an ihr Kind dachte. Da waren Angst, Zweifel und viele Fragen. Doch diese Gefühle hingen immer mit ihr, ihrem Leben oder Albert zusammen. Doch wenn sie nur an das Kind dachte, war da nur Wärme. Vera beruhigte sich allmählich und trocknete sich die Tränen. Vera überlegte. Sie würde dieses Kind bekommen. Es war ihr Kind, ihr Geschenk und sie würde es lieben. Über alles auf der Welt würde sie es lieben, da war sie sich sicher. Dennoch blieben da viele Fragen. Eine davon brannte ihr auf der Zunge.

»Louane ich habe eine Frage.«

»Schieß los.«

»Wäre es möglich, dass du mich so lange regelmäßig zum Modeln einteilst, bis ich zu rund dafür bin?«

»Hahaha, ich teil dich auch noch ein, wenn die Designer mir drohen, mich einen Kopf kürzer zu machen.«

Vera lachte. Vielleicht ging doch alles gut.

»Und danach? Was willst du danach machen?«

»Ich glaube, die Erfahrung, das geschafft zu haben, hier zu laufen und mit dir zusammen das hier zu designen, war dann für diesen Teil meines Lebens Erfolg genug.«

»Du willst wieder zurück?«

»Ich glaube, dann wird es Zeit, mal das verschlafene Nest zu Hause aufzuwecken.«

»Dann gehen wir vorher einkaufen, damit du denen da drüben zeigen kannst, wie eine Pariserin aussieht.«

Die ganze Woche arbeitete Vera Tag und Nacht durch. Das Färben hatte wunderbar funktioniert und aus dem Garn nähte sie Blume für Blume auf das Kleid. Die Technik der alten Näherin vom Markt macht ihre Arbeit um so vieles schöner. Fast kam es Vera so vor, als wären die Blumen echt. Selbst den Duft konnte sie erahnen. Sie ging nur noch für wenige Stunden nach Hause. Dort schlief sie schlecht und wachte meistens nach wenigen Stunden wieder auf. Warum fiel es ihr so schwer, Albert die Wahrheit zu sagen? Immer wenn sie kurz davor war, bekam sie Schweißausbrüche und ihr wurde sofort wieder übel. Sie wurde immer unruhiger und zwei Mal musste sie den Arzt rufen und sich Beruhigungsmittel geben lassen.

»Sie brauchen Ruhe, Frau Krum. Der Stress schadet nicht nur Ihnen.«

»Ich weiß, Herr Doktor, ich will mich auch daranhalten.«

»Haben Sie mit Ihrem Mann gesprochen? Viele Frauen leiden unter Ängsten.«

»Nein noch nicht.«

»Das sollten Sie tun, es wird danach meistens besser.«

Vera hörte dem Arzt aufmerksam zu, doch sie konnte nicht. Während der Arbeit beruhigte sie sich immer und sie fand Trost in den gleichmäßigen Bewegungen. Aber auch hier kam der Tag, an dem ihre Arbeit fertig war. Sie hatte über zweihundert Blüten auf das Kleid gestickt. Louane zog das Kleid einer Modellpuppe über und sie betrachteten ihre Arbeit.

»Das haut mich um. Also ich bin vielleicht ein alter Narr, aber das ist einfach wunderschön. So filigran – fast echt sieht es aus.«

Henri wollte eigentlich ins Lager und hatte nur flüchtig in das Atelier seiner Frau geschaut. In dem Raum hatte er nichts zu suchen. Hier herrschte ihre Unordnung. Aber sein Blick blieb an der Ausstellungspuppe hängen und er konnte nicht anders, als hinzusehen. Wahrhaftig das Kleid repräsentierte alles. Rebellion, Dimensionen der Darstellungskraft, die Kluft der Generationen, aber auch die Brücke zwischen alt und neu. Wie war das möglich?

»Ja, das hat unsere Vera gut gemacht. Wir verzaubern den ganzen Saal morgen!«

Louane strich über den Stoff. Keine Unebenheiten, keine zu dick gestochene Naht, alles war perfekt. Morgen würden sie als Erste auftreten und sie würden der absolute Höhepunkt sein. Dennoch machte sie sich Sorgen um Vera. Blass war sie geworden und kaum geschlafen hatte sie. Zu viel beschäftigte ihren Kopf und ihr Herz. Louane erinnerte sich noch an ihre Anfangszeit mit Henri. Der Weg zum Herzen des anderen war schwer. Der Schlüssel lag im Reden. Die beiden mussten endlich miteinander reden und wenn man ihnen einen kleinen Schubs gab, würde das alles werden. Inzwischen war allen Mitarbeitern aufgefallen, wie oft Vera keinen Appetit hatte, oder sich plötzlich vor einen Geruch ekelte. Es war nicht schwer, die ersten Zeichen der Schwangerschaft zu erkennen. Wenn Vera öfter zu Hause gewesen wäre, hätte Albert bestimmt auch schon die ersten Hinweise aufgeschnappt. Doch so konnte er daran nicht teilhaben. Louane hielt in ihrem Gedankengang inne. Teilhaben. Schnell verabschiedete sie sich von Henri und gab Vera den Rest des Tages frei, um sich für morgen auszuruhen. Sie musste noch etwas erledigen.

Sippersfeld
1956

»Schau hier Inge, die Röcke werden jetzt viel kürzer getragen! Und die Mäntel gradlinig nach unten.«

»Ja Vera ich seh's, was denkst du, was unsere Mütter sagen würden, wenn wir so rumlaufen würden?«

»Meine würde aus dem Schimpfen nicht mehr rauskommen.«

»Meine würde mich einschließen.«

Vera saß am Weiher mit Inge unter der alten Weide. Es war warm und sie hatten es sich mit den Fahrrädern im Schatten gemütlich gemacht. Inge konnte nicht schwimmen und Vera ging nicht ins Wasser. So verbrachten sie viel Zeit miteinander, während die anderen sich im Wasser vergnügten. Vera hatte sich von ihrem Ersparten eine Pariser Modezeitschrift in Kaiserslautern gekauft. Sie hatte sie sich unter den Rock gebunden, damit ihre Mutter sie nicht fand. Nachts hatte sie das Heft heimlich hervorgeholt, aber erst als sie das vertraute und tiefe Schnarchen ihrer Mutter hörte. Sie durfte kein Risiko eingehen. Ihre Mutter würde nicht zögern, ihren Schatz wegzunehmen. Inge vertraute Vera und darum teilte sie ihren Schatz mit ihr. Andächtig blätterten sie die Seiten durch. Vera studierte die Schnitte und Muster und speicherte sie wie Vokabeln ab. Die Frauen auf den Bildern waren einfach wunderschön. Tief blickten sie in die Kamera und ihre Kleider waren so geschnitten, dass man ihre Körperform deutlich sehen konnte. Wenn hier eine Frau so rumlaufen würde, würde sie von den alten Frauen als Prostituierte verjagt werden.

»Welches gefällt dir am besten Vera?«

»Das Cover! Wenn ich einmal sowas tragen könnte, dafür würde ich alles geben.«

Das Titelbild zeigte eine junge Frau in weißen Hosen, Pumps und einer frech geknoteten Bluse darüber. Die Haare wild offen und auf einer belebten Straße.

»Dafür würden dich die Alten steinigen.«

»Was verstehen die denn auch schon von Haut Couture Inge, ich mein in deren Leben gab es nichts außer Krieg, was sollen die schon für einen Sinn in Mode sehen.«

»Hat es denn einen Sinn, Vera?«

»Und ob, schau mal, die trauen sich zu zeigen, wer sie sind. Und wir sitzen hier alle im selben Kleidchen, dieselben Frisuren und unterscheiden uns kaum voneinander.«

»Jetzt bist du aber streng Vera, das stimmt doch gar nicht so.«

»Du weißt was ich mein Inge, glaubst du, die Frau würde sich von ihrer Mutter vorschreiben lassen, wen sie heiraten sollte oder wie sie leben soll. Ich denke nicht. Und wir? Wir werden hier großgezogen, dann anständig vermittelt und sehen in unserem Leben nicht weiter hinaus, als der Busfahrplan reicht.«

»Aber es ist doch ein schönes Leben, Vera. Schau du hast doch selbst gesehen, wie die Welt ist. Warum da weggehen?«

»Willst du nicht auch mal wie diese Frauen sein, Inge. Einmal der Mittelpunkt sein. Selbst bestimmen?«

»Ach, ich weiß nicht. So aussehen würde ich schon gerne. Aber ich glaube, für das Leben bin ich nicht gemacht.«

»Ich schon, Inge, ich schon. Ich will genau das.«

»Und wie willst du das machen, Vera. Wir können nicht einfach machen, was wir wollen.«

»Wer sagt das?«

»Unsere Mütter.«

»Ja genau und haben sie Ahnung von dieser Welt? Ich mein der neuen Welt.«

»Nein aber…«

»Nichts aber, ich lasse mir nicht von jemanden erzählen, wie ich zu leben habe, wenn diese Menschen nicht mal wissen, wie das Leben da draußen aussieht. Das finde ich selbst raus.«

»Vera, manchmal weiß ich nicht, ob du einfach mutig bist oder waghalsig.«

»Beides Inge!«

Paris
1957

»Was machen Sie hier Madame Bellios?«

Albert war verwirrt und besorgt, als sein Sekretär Madame Bellios angekündigt hatte. Die Chefin von Vera hatte er persönlich nur einmal kennengelernt. Sie hatte zusammen mit ihrem Mann die Installation der Nähmaschinen verfolgt und dirigiert. Sonst hatte er immer nur mit Monsieur Bellios gesprochen, wenn ein Teil ausgetauscht werden musste, oder die Wartung der Maschinen anstand.

»Ich dachte, es wäre mal an der Zeit, dass Sie und ich uns näher kennenlernen. Schließlich hängt von Ihnen unser Geschäft ab und da wäre es unklug, seinen Geschäftspartner nicht zu kennen.«

»Nun wenn das so ist, darf ich Ihnen Kaffee oder Tee anbieten?«

»Wasser reicht völlig, Herr Krum, danke.«

Albert ging aus seinem Büro, um Wasser und einen Tee für sich zu holen. Was führte diese Frau im Schilde. Er arbeitete schon seit über einem Jahr mit der Schneiderei Dòumas und den Inhabern Bellios zusammen, es war also nur ein Vorwand von Madame hier aufzukreuzen. Wenn ihr Interesse rein geschäftlich wäre, dann wäre sie viel früher gekommen. Probleme konnte es auch keine geben, er hatte grade erst vor drei Tagen den Wartungsbericht ihrer Maschinen gelesen. Alles lief einwandfrei und die nächste Schulung der Mitarbeiter war auch schon festgelegt. Also ging es um etwas Persönliches.

»Bitte sehr Frau Bellios.«

»Vielen Dank. So und nun zu meinem Anliegen. Sicher sind Sie verwundert über meinen so plötzlichen Besuch. Leider konnte ich es nicht anders einrichten. Ich wollte Sie und Vera einladen. Wie Sie vielleicht mitbekommen haben, ist morgen die alljährliche Eröffnung der neuen Modekollektion. Da Sie und Ihre Firma maßgeblich daran beteiligt sind, dass wir für unsere Partner ihre Entwürfe kreieren und anfertigen können, möchte ich Sie als Dankeschön einladen.«

Albert war im ersten Moment verwirrt. Im Moment stand ihm nicht der Sinn nach einer derartigen Veranstaltung, aber er konnte die Einladung auch nicht ausschlagen, das würde ein schlechtes Licht auf die Firma werfen. Geschäftlich wäre es auch von Vorteil, sich dort sehen zu lassen. Zumal viele Designer Interesse an ihren Maschinen hatten. Vera würde es auch gefallen, hatte sie nicht sogar mal einen Versuch unternommen, etwas zu entwerfen. Was war eigentlich daraus geworden? Er nahm sich vor, sie am Abend gleich mal dahingehend zu fragen. Aber sicher würde sie sich über ein Erlebnis dieser Art besonders freuen.

»Vielen Dank Frau Bellios, dass Sie mich und meine Frau mit einer so besonderen Einladung beehren. Ich denke, meine Frau wird sich freuen, die Arbeiten Ihrer Schneiderei unter den Kollektionen der Designer wiederzuentdecken.«

»Da bin ich sicher, Herr Krum. Gut dann lasse ich Ihnen Ihre Karten da und verabschiede mich auch schon, damit Sie Ihr Tagewerk nicht weiter wegen mir vernachlässigen. Wir sehen uns dann morgen, Salon de Rêve im Palais Rome um 10 Uhr.«

Ein Lächeln stahl sich auf Louanes Lippen, als sie das Büro verließ. Das Glück brauchte eben manchmal einen Schubs.

Sippersfeld
1956

»Nein, habe ich gesagt. Ein für alle Mal nein.«

»Aber Mama. Warum denn nicht? Du kennst ihn doch gar nicht.«

Vera und Minna stritten sich in der Wohnung. Sie hatten diese vor ein paar Monaten bekommen und endlich genug Platz zu dritt. Minna tat sich schwer hier in dem kleinen Dorf Anschluss zu finden und freute sich für ihre Tochter, die mal wieder flexibel wie sie war, sofort neue Freunde gefunden hatte, aber ein Mann! Das ging zu weit.

»Das muss ich auch nicht. Mir reicht, was ich höre und leider auch sehe. Zehn Jahre älter als du ist der Bursche und hat weiß Gott schon wie vielen armen Mädchen den Kopf verdreht. Und Motorrad fährt der auch noch und zu so jemanden soll ich dich lassen?«

»Du siehst doch nicht mal, wie er wirklich ist. Er ist immer nett und anständig und du unterstellst im gleich alles böse. Und wenn ich Motorradfahren will, dann mach ich das auch ohne dich zu fragen und ich bleib trotzdem bei ihm. Auch wenn dir das nicht passt. Ich bin schließlich erwachsen und kann tun, was ich will!«

Vera hatte genug. Endlich hatte sie mal richtig leben können. Seit sie hier in Sippersfeld wohnten, liebte Vera das Leben erst wieder so richtig. Die Mädchen waren zwar etwas altmodisch, aber immer lustig und sie zogen oft an den Weiher, um dort zu picknicken. Die anderen gingen schwimmen, aber Vera machte es nichts aus am Rand zu sitzen. Endlich wurde sie auch konfirmiert und endlich hatte sie einen Mann kennengelernt. Albert hatte sie am ersten Mai zum ersten Mal getroffen. Sie waren alle zum Tanzen an den Weiher gefahren und Albert hatte sie ganze neun Mal zum Tanzen geholt. Viel öfter als alle anderen Mädchen. Natürlich haben danach die ganzen Mädchen bei ihren Müttern getratscht. Aber Vera fand das nicht schlecht. Albert hatte ein Auge auf sie geworfen und der war wirklich weltgewandt. Arbeitete bei der großen Firma Pfaff, war gescheit und was das Wichtigste war, er behandelte sie als Frau und nicht mehr wie ein kleines Mädchen.

»Da hast du aber falsch gedacht. Solange du unter meinem Dach lebst, junges Fräulein, gehst du mit keinem Tunichtgut davon und schon gar nicht nach Frankreich. Ich lass doch nicht meine einzige Tochter in ein ehemaliges Feindesland. Ich habe euch nicht aus dem Krieg geholt, damit du gleich wieder in die Gefahr reinrennst.«

Vera schnaubte, ihre Mutter lebte immer noch hinter dem Berg. Sie ging kaum raus und so bekam sie überhaupt nicht mit, dass die Welt sich verändert hatte. Immer noch hortete sie Lebensmittel und behielt die Schuhe beim Schlafen an. Und Menschen traute sie überhaupt nicht mehr. Nur den Vermietern getraute sie, aber nur weil sie es musste. Es war Frieden und überall waren die Städte wiederaufgebaut und die Menschen fingen wieder an zu reisen. Und genau das wollte Vera. Sie wollte reisen, endlich wissen, wie Städte aussahen und wie es war durch Straßen zu flanieren, Kaffee zu trinken und endlich mal andere Klamotten zu tragen als immer wieder die alten ausgelassenen Kleider ihrer Kindertage.

»Aber Mama, so ist das doch nicht mehr. Bitte lass mich hinfahren zu Albert. Er hat mich doch eingeladen. Mit dem Zug ist man an einem Tag da und es wäre auch nur für ein paar Tage.«

Vera traf sich nun schon seit Monaten mit Albert. Entweder zum Tanzen oder ins Kino. Einmal hatte er ihr sogar seine Eltern vorgestellt. Und Vera wusste, dass Männer das nur taten, wenn es ihnen ernst war. Und Vera war sich sicher, dass Albert sie endlich um ihre Hand bitten wollte, nur hier ging das nie. Ständig musste Erich dabei sein, als Anstandshund, oder es waren Freunde dabei. Nie konnten sie einen Abend zu zweit verbringen. Vera kannte Albert zwar nicht richtig, aber sie war sich so sicher, dass er der Mann ihres Lebens war. Allein würde sie nie reisen können, oder etwas erleben. Aber Albert würde sie überall hin mitnehmen und auf Händen tragen. Warum wünschte ihre Mutter ihr denn nicht so ein Leben?

»Ach ja. Und was passiert in den paar Tagen. Ich weiß genau, was Männer mit Mädchen machen und dann kommst du nach Hause und was ist dann? Dann haben wir den Salat. Hör doch Kind, es geht hier nicht darum, dass ich dir das nicht gönne, sondern dich schützen will. Es schickt sich nicht, zusammen mit einem Mann wegzufahren, ohne verheiratet zu sein. Was werden die Leute über euch reden. Über ihn werden sie nichts sagen, aber über dich werden sie herziehen.«

»Und wenn er mich doch zur Frau nehmen will? Dann verpasse ich meine Chance. Mama bitte, ich kann etwas aus mir machen. Bitte.«

Minna sah ihre Tochter an. Sie war alt und müde geworden und Vera immer größer und schöner. Aber auch wilder und ungezähmter. Sie wusste, sie würde sie nicht halten können. Warum musste das Mädchen so schnell erwachsen werden und warum musste es ausgerechnet solche aberwitzigen Wünsche haben? Vera stand kampfbereit vor ihr. Das Kind würde nicht nachgeben. So war sie schon als kleines Mädchen. Raufte mit ihrem Bruder und gab niemals auf, raufte mit anderen Kindern und gab nie auf und jetzt raufte sie nicht mehr mit Fäusten, zum

Glück hatte sie ihr das ausgetrieben, jetzt warf sie mit Worten gegen einen. Und sie gab nie nach.

»Vera, bitte lass mich das nicht bereuen, was ich dir jetzt sage. Ich werde dich gehen lassen nach Paris. Es bricht mir das Herz, aber ich werde dich gehen lassen. Versprich mir nur, dass du auf dich aufpasst.«

Vera jubelte, sie konnte es nicht fassen. Sie würde nach Paris fahren. Sie umarmte ihre Mutter. Danach rannte sie zum Fenster, riss die Läden auf und schrie es ins ganze Dorf hinaus.

»Ich fahre nach Paris. Hört ihr alle, ich fahre nach Paris!«

Paris
1957

»Vera, bist du da? Hör mal, du glaubst nicht, wer heute in meinem Büro war ... Vera?« Albert legte seinen Mantel ab und hängte ihn mit seinem Hut an die Garderobe. Er brauchte nicht weiter in die Wohnung zu gehen, um zu wissen, dass Vera nicht da war. Hier war keine Vera. Er wusste nicht, wie sie es machte aber überall, wo sie war, erweckte sie alles zum Leben und diese Wohnung hier war tot. Die Schuhe behielt er an, während er durch die Zimmer lief, um seinem Verstand zu vergewissern, was sein Herz schon wusste. Vera war fort. Sein Herz begriff, sein Verstand wehrte sich. Sein Herz begriff, das sie auch nicht mehr kommen würde in dieser Nacht, womöglich nie mehr.

»Wir sind morgen zu einer Vorführung eingeladen ... gemeinsam.«

Obwohl er allein war, musste Albert es aussprechen. Die bittere Wahrheit das es kein gemeinsam mehr gab, hätte er nicht aussprechen können, niemals.

»Bei wem du auch bist, pass auf dich auf meine liebe Vera.«

Er fühlte den Ring an seinem Finger und er fühlte sich kalt an, leblos. Albert ging an das Fenster und sah hinaus auf die Straße. Vera war fort. Er machte sich auch keine Hoffnungen, dass sie noch kommen würde. Ihm war nicht nach einem weiteren Abend allein zumute. Also zog er sein Jackett wieder an, setzte den Hut auf, nahm die Zigaretten vom Beistelltisch und verließ die Wohnung. Er überlegte kurz, ob er bei Vera auf der Arbeit vorbeischauen sollte, doch vertrieb den Gedanken gleich wieder. Nichts war ihm unangenehmer, als seiner Frau hinterher zu spionieren oder als eifersüchtiger Ehemann bei ihrem Chef aufzutauchen. Sowas ging nicht, was würde man sich über ihn dann erzählen. Ach, eigentlich war ihm gleich, was die Leute erzählten. Entweder war er ein gehörnter Ehemann, der längst belächelt wurde oder er würde ein eifersüchtiger Kontrolleur daherkommen. Beides verdarb ihm die Laune. War er nicht ausgegangen, um gerade diese Gedanken zu verdrängen. Er blieb stehen und drehte sich gegen den Wind, um sich eine anzuzünden. Er wartete kurz, bis die beruhigende Wirkung einsetzte. Langsam wurde er ruhiger. Er war ja gar nicht mehr er selbst. So ging das nicht weiter. Er schlug eine andere Richtung ein und machte sich auf den bekannten Weg zu Jaques Kneipe. Die Kneipe hatte er früher oft mit seinen Freunden besucht, bevor er verheiratet war und solche Kneipen immer seltener aufsuchte. Jaques war ein Umschlagplatz für alle Junggesellen und unverheiratete Frauen, die etwas Zerstreuung suchten. Er war zwar kein Junggeselle mehr, aber Zerstreuung braucht er dennoch. Bestimmt würde er dort auch ein paar bekannte Gesichter treffen. Schon von weitem hörte man das Gelächter und die Musik aus dem Fenster von Jaques auf die Straße strömen. Eine kleine Menschentraube stand vor dem Eingang und rauchte zusammen. Albert erkannte Marcel unter ihnen. Marcel hatte eine Zeitlang mit ihm zusammen die Außendienstabteilung geleitet und war dann in eine andere Abteilung abgerufen worden. Dennoch hatte er fast jeden Abend früher mit ihm zusammen verbracht. Umso erfreuter war es, ihn wiederzusehen. Marcel und er umarmten sich und tauschten den anfänglichen Strom Neuigkeiten aus. Albert merkte, wie lange er nicht mehr mit seinem Freund geredet hatte. Einige Beziehungen waren an ihm vorbeigegangen. Anscheinend hatte Marcel zwischenzeitlich versucht, sich auch sesshaft niederzulassen, war aber bei zwei Frauen gescheitert, was ihn wieder zu einem überzeugten Junggesellen machte. Albert war schon fast wieder heiterer Stimmung. Er und

Marcel hatten sich drinnen an einen Tisch zurückgezogen und das Bier schmeckte noch wie früher. Die alten Holztische hatten so manche wilde Nacht hinter sich und ihre Kerben und Ringe erzählten von der langen Tradition der Kneipe. Albert mochte dieses Ambiente lieber als die steifen Restaurants, wo zwei Tischdecken den Tisch einhüllten und es mehr Besteck für eine Person gab, als seine Mutter daheim für eine ganze Familie besaß. Sein Job hatte ihn schleichend von den vergilbten und klebrigen Holztischen in die Hochglanzlokalitäten geschoben. Albert fragte sich, wie es möglich war, dass er diese Veränderung so lange nicht bemerkt hatte. War er abgedriftet, oder war es etwas ganz Natürliches? War es am Ende für Vera zu viel gewesen? Oder war es genau das, was sie wollte und sie wollte noch mehr davon. Albert drehte sich der Kopf, ob vom Bier oder seinen Gedanken wusste er schon nicht mehr.

»Entschuldige mich Marcel, ich muss mal an die frische Luft.«

Er schob sich durch das Gedränge nach draußen. Plötzlich war ihm der Frohsinn und die Ausgelassenheit zu viel. Draußen ging er über die Straßenseite und lehnte sich gegen das Geländer. Von hier konnte man über den Fluss blicken. Die frische Luft tat gut. Albert wollte sich grade abwenden und sich auf den Heimweg machen, als er eine Hand auf der Schulter spürte.

»Hey Albert, alles okay bei dir?«

Marcel war hinter ihm hinausgekommen und hatte ihn beobachtet.

»Ja alles gut, danke dir mein Freund.«

Marcel schien nicht überzeugt. Noch immer lag seine Hand auf Alberts Schulter.

»Wirklich Albert?«

»Ja, wie kommst du darauf, dass es anders ein könnte.«

»Naja, erst sieht man dich fast ein Jahr lang nicht und dann bist du plötzlich ohne Ankündigung da, erzählst nichts von dir, trinkst mich unter den Tisch, was schon an sich ne beachtliche Leistung ist. Aber überhaupt nicht zu dir passt und den ganzen Abend bist du mit deinen Gedanken ganz woanders. Versteh mich nicht falsch, ich freu mich irre dich wiederzusehen. Aber es scheint mir, dass du nicht gekommen bist, um mich zu sehen, denn dann hättest du dich vorher angekündigt. Ich denke, du hast Kummer alter Freund und versuchst davor wegzulaufen.«

Albert fühlte den Stein auf seinem Herzen. Marcels Worte hatten ihn bewegt. Nicht viel, aber doch so viel, dass Albert Begriff, dass er diesen Stein nicht länger tragen konnte. So schluckte er und erzählte Marcel alles. Am Ende standen sie beide am Geländer. Albert wartete auf Marcels Urteil zu seiner Lage, doch der verlangte erstmal auch eine Zigarette. Eine Weile standen sie beide rauchend da.

»Und sie kommt immer später?«

»Ja und geht noch vor sechs Uhr wieder.«

»Hast du sie mal gefragt?«

»Wir reden kaum noch und wenn nur oberflächlich.«

»Uff, Albert das klingt alles nicht gut, sie wird dich … «

»Ich weiß, dass sie einen anderen hat. Auf ihrer Arbeit wird sie jemanden kenngelernt haben, der ihr nicht in den Ohren liegt mit Kindern, Familie und der ihr eine Karriere verspricht. Ich weiß. Marcel, du musst mir nicht sagen, dass meine Frau gerade wahrscheinlich bei einem anderen im Bett liegt. Und ich brauche nicht hören, dass das eine mal mit mir wahrscheinlich nur Gnade von ihr war, um mich zu trösten. Ja Marcel, danke das brauch ich nicht hören.«

Albert hatte nicht gemerkt, wie er immer lauter geworden war. Er hatte sich hinreißen lassen und am Ende Marcel angeschrien.

Dieser stand ruhig und gelassen weiter rauchend am Geländer und schien nicht im mindesten getroffen.

»Das wollte ich nicht sagen Albert. Ich wollte sagen, das klingt nicht gut, sie wird dich aber bestimmt bald aufklären. Frauen sind eigenartig. Und ja, manche legen einen aufs Kreuz. Aber Albert, ich habe Vera auch ganz gut kennengelernt und ehrlich Mann, so eine ist sie nicht. Sie ist bestimmt nicht einfach, aber hey, das wusstest du. Hast du mir nicht mal gesagt, dass du dir eine Wildkatze zugelegt hast. Und ich gefragt habe, warum nicht eine zahme Hauskatze. Erinnerst du dich, was du mir damals geantwortet hast.«

»Weil eine zahme Hauskatze immer eine zahme Hauskatze bleibt, aber eine Wildkatze so unberechenbar wie das Leben selbst ist.«

»Da hast du es mein Freund.«

»Du glaubst nicht, dass sie bei einem anderen ist?«

»Ich kann dir nicht sagen, wo sie ist Albert, aber ich kann dir sagen, wo ihr Herz ist, und das muss dir gerade wohl reichen.«

»Marcel, dafür das du so viel über Frauen weißt, hast du ganz schön viel Pech bei ihnen.«

»Pech und Glück sind zwei Seiten derselben Münze. Bei jedem Wurf die gleiche Chance. Ich muss wohl noch öfter werfen.«

Wo anders in Paris schloss Vera die Tür hinter sich und machte sich auf den Weg nach Hause. Doch Vera fragte sich, wo das war. Was war zu Hause? Louane sagte, sie könne alles haben. Paris, Albert und das Kind. Doch Vera wusste nicht mehr, ob sie alles wollte. Sie lief durch die Straßen den vertrauten Weg. Vor dem Metroeingang blieb sie stehen. Eine Verlorenheit überkam sie. Vorhin hatte sie noch mit Louane gemeinsam Späße machen können und alles war leicht oder erschien zumindest so. Aber hier vor dem Metroeingang fühlte sie sich allein und eine Panik überkam sie. Morgen sollte sie doch auftreten. Aber wie sollte sie

Albert das erklären? Oder sollte sie es ihm verheimlichen? Wenn sie das täte, würde sie die Verbindung zerreißen und ihm und ihr damit zeigen, dass sie ihre eigenen Wege ging.

»Ach mein Kind, hättest du nicht noch etwas warten können«, zärtlich strich sie sich über den Bauch.

Wenn sie ihren eigenen Weg ginge, dann wären sie und das Kind allein. Vera ging an dem Eingang vorbei und lief ziellos durch die Straßen. Es wäre diese merkwürdige Stunde, in der das Licht der Sonne schon verschwand, aber die Dunkelheit noch nicht vollständig erreicht war. Die Straßenlichter waren noch aus und alles lag in einem stillen erwartungsvollen Pochen auf der Stadt. Vera fühlte dieses Pochen in sich, als wäre es ihr eigen. Wie die Stadt die sie so liebte, war sie nicht fähig sich zwischen hell und dunkel zu entscheiden und ihr fehlte jedes Licht. Sie setzte sich auf eine Bank.

»Was sagt dir dein Gefühl, Vera?«

Sie sprach mit sich selbst, um sich und ihre Gedanken hören zu können. Doch sie fand keine Antwort, ihre Gedanken schwiegen. Kein Kreisen, kein Chaos in ihrem Kopf nur Stille. Sie blickte auf ihren Bauch, wo tief in ihr ein Kind wuchs.

»Hörst du meine kleine französische Prinzessin, denn eine Prinzessin wirst du ganz bestimmt, weil ich mir das wünsche? Na, bestimmt hörst du mich noch nicht. Aber eines Tages, wenn du mich hören kannst, dann erzähl ich dir mal Geschichten von deiner Mama. Da wirst du staunen.«

Ja, sie würde die Geschichte erzählen, aber noch hatte die Geschichte kein Ende. Welches sie haben würde, lag an ihr. Oder lag es an Albert? An ihnen beiden? Vera spürte ein Ziehen im Herzen, wenn sie an Albert dachte.

»Das Herz zieht, wenn es liebt.«

Dieses Ziehen hatte sie schon oft verspürt. Bei ihrem Vater, Jakob, Susi und als sie ihre Mutter vom Zug zuwinkte, als sie nach Paris fuhr.

»Und wenn mein Herz ihn liebt, dann gibt es einen Weg.«

Vera fasste etwas Mut. Sie würde morgen laufen. Sie würde etwas erreichen, das sie später erzählen konnte. Sie wollte ihrem Kind nicht nur vom Leben und Schicksal erzählen, nein, sie würde ihre Geschichte selbst in die Hand nehmen.

»Komm mein Kind, ich zeige dir Paris, bei Nacht. In der Nacht verliebt man sich am besten in Paris.«

Vera stand von der Bank auf und setzte ihren Weg fort. Die Lichter waren inzwischen angegangen. Schon früh am Morgen, es war noch dunkel auf den Straßen, kam Vera im Palais Rome an und betrachtete den Saal. Der Salon de Réve war atemberaubend schön. Ein alter Barocksaal mit Stuck an den Decken und wunderbaren Wandgemälden. Der perfekte Ort für ihren Auftritt. Louane wollte mit Henri kommen und die Modelle mitbringen. Vera konnte es kaum noch erwarten. Würde den Leuten ihr Entwurf gefallen? Und würden sie auch sie gut finden? In der Mitte des Saals war schon alles aufgebaut. Die Serviceleute stellten schon Gedeck und Gläser an die Tische und die Handwerker überprüften alle Schrauben am Laufsteg.

»Na, bereit für den großen Tag?«

Louane und Henri betraten den Raum.

»Ja, etwas aufgeregt, aber bereit auf jeden Fall. Wann geht es los?«

»Wir haben noch Zeit, die anderen Mädchen müssten auch gleich ankommen. Wir gehen schon nach hinten und machen dich fertig. Du wirst fabelhaft aussehen.«

Louane hatte einen riesigen Koffer mit Puder, Gesichtsmasken, Lippenstift und Rouge dabei. Sie hatte die ganze Nacht daran gefeilt. Sie wusste genau, wie sie Vera schminken würde. Schließlich sollte das heute ein Erfolg werden. Hoffentlich spielten Vera und Albert mit. Sie hatte ewig gebraucht, bis sie herausgefunden hatte, welcher Firmenfahrer Albert herbringen würde, aber schließlich hatte ihre Art wohl doch den armen Assistenten von Albert eingeschüchtert und er hatte ihr die Nummer gegeben. Den Fahrer hatte sie ausdrücklich beauftragt, Albert herzubringen, auch ohne dessen Frau. Der Fahrer dachte wohl an eine Affäre, oder dergleichen, aber das war Louane egal. Hauptsache er fuhr Albert pünktlich hier her.

»Oh mein Gott! Louane, was willst du aus mir machen?«

Vera betrachtete den Inhalt des Koffers.

»Na was wohl. Den Paradiesvogel von Paris!«

Die beiden Frauen lächelten sich an.

»Du hast es nicht vergessen?«

Vera war gerührt. Sie würde wirklich und wahrhaftig die schönste Frau an diesem Tag sein. Sie ging in die Garderobe und zog sich um. Zum ersten Mal sah sie ihre eigenen Entwürfe an sich selbst. Alles war perfekt. Das Kleid fiel an ihr herunter und es war, als wäre alles, was es ausdrücken soll, erst durch ihre Person zum Leben erwacht. Wie ihre eigene Bestimmung schmiegte es sich sanft an ihren Körper. Bei jeder Bewegung sah es aus, als ob der Wind die Blumen umherwehen würde. Louane verwandelte ihr Gesicht in ein ebenso perfektes Kunstwerk. Dunkle verführerische Augen, etwas Rouges und rote Lippen. Vera betrachtete sich im Spiegel. Rebellion in den Augen, die Nase ihres Vaters als Vermächtnis der alten Generation und etwas Neues verborgen, tief versteckt und wohl behütete.

»Louane! Und wieder erkenne ich mich nicht wieder.«

Wieder saß da nicht mehr das junge Mädchen, sondern eine wunderschöne Frau. Jeder Blick tief und anziehend. Vera würde gerne jeden Tag so aussehen. Sie fasste sich an die Nase. Die gab wie immer leicht nach. Sie lächelte. Ja das war ihre Stupsnase. Das war sie. Schade, dass Albert sie nie so sehen würde. Er würde sich glatt ein zweites Mal verlieben. Und vielleicht auch verstehen, warum sie diese Welt so liebte. Eine Welt der Verwandlung, des Erschaffens ja und manchmal eine Welt, die so viel mehr in sich trug, als man ihr auf den ersten Blick ansah.

»Du bist aber noch nicht fertig.«

»Louane entschuldige, aber in meinem Gesicht gibt es keine freie Stelle mehr und ich wüsste nicht, was noch besser werden könnte.«

»Du Spaßvogel. Du willst doch ein richtiger Paradiesvogel sein. Dazu gehören Federn.«

Louane zog einen kleinen Hut aus einem zweiten Koffer. Er war schwarz und hatte eine schmale Krempe und verlief sehr flach. Vorne zog sich ein filigranes Netz über die Krempe und hinten entfalteten sich drei wunderschöne Federn.

»Henri und ich haben auch die Nächte durchgearbeitet, weißt du.«

Louane zwinkerte Vera zu. Diese strich vorsichtig über das dünne Netz und die Federn.

»Der ist wunderschön Louane. Woher hast du diese Federn? Noch nie habe ich solche gesehen.«

Die Federn waren in verschieden Grüntönen durchzogen und wurden breiter nach oben hin und in der oberen Mitte einer jeden war ein blaues Auge. Das glitzerte, wenn Licht darauf viel.

»Du warst nicht die Einzige, die sich auf dem Mark umgesehen hat. Während du genäht hast und in deiner eigenen Welt warst, bin ich ein Stück gegangen und habe die Federn gekauft. Das sind Pfauenfedern. Richtige Paradiesvogelfedern.«

Louane setzte Vera den Hut auf.

»Jetzt bist du erst der Paradiesvogel von Paris. Und keine andere Frau hätte heute dieses Kleid präsentieren können. Du bist alles, was dieses Kleid braucht.«

Sippersfeld
1956

Minna stand vor ihrem Schrank. Nur wenige Kleider füllten ihn. Meistens trug sie ihre Arbeitsschürze und die alten Unterkleider. Sie streichelte mit der Hand über ihre Kleider. Sie hatten schon etwas Staub angesetzt, aber wenn man sie ordentlich ausklopfen würde, dann würden sie wieder gut aussehen. Früher hatte Minna gerne jeden Tag ein neues Kleid angezogen und Fritz war oft mit ihr nach Königsberg gefahren, um ihr etwas Neues zu kaufen. Im Krieg hatte sie dann schneidern gelernt. Da war es aus mit den neuen Kleidern und die Alten mussten halten. Doch ein paar ihrer Lieblingskleider hatte Minna immer im Schrank ganz hinten versteckt. Die hatte sie nicht angerührt nicht in Kinderkleidung oder Arbeitsblusen umgenäht. Die wenigen Kleider hatten auch die weite Reise heil überstanden. Eines hatte sie in Lübeck umtauschen müssen. Gegen den Platz ganz oben auf der Verteilungsliste. So waren sie endlich aus dem Kriegsgebiet herausgekommen. Aber bis auf dieses hatten sie jetzt alle wieder einen neuen Platz in dem Schrank gefunden. Als ob nichts gewesen wäre, hingen sie da und sahen Minna an. Minnas Körper war nicht mehr der richtige Körper für diese Kleider. Es wurde Zeit für diese Kleider. Genau wie es für Vera Zeit wurde. Wenn sie schon gehen würde, sollte sie einen Teil von ihr bei sich tragen.

»So meine Lieben, es wird Zeit für eine weitere Reise und diesmal verstecken wir euch nicht im alten Hafersack!«

Sie nahm eines nach dem anderen heraus und trug sie nach unten an den Küchentisch. Vera war größer als sie, also mussten sie etwas ausgelassen werden, aber die Maße stimmten noch. Zum Glück war Minna in ihrer Jugend dünn gewesen. Sie nahm sich das Erste und legte es sich über die Beine.

»Was willst du mit all den Kleidern, willst du die spenden?«

Erich trat sich die Schuhe ab und kam zu ihr in die Küche.

»Die sind für Vera.«

»Die hat doch genug Kleider. Sowas braucht sie doch hier nicht. Wo soll sie damit hingehen hier? Total übertrieben.«

Erich schälte sich einen Apfel. Die Schale blieb immer zwischen den Zähnen hängen, das mochte er nicht. Mit einem Wisch verscheuchte er die Katze auf der Anrichte und betrachtete seine Mutter.

»Ja, da magst du recht haben, mein Junge. Hier braucht sie die auch wahrlich nicht. Aber in Paris wird sie die Kleider doch wahrlich brauchen. Ich schicke sie nicht in den alten Fetzen in die Stadt. Was sollen die Leute da denken. Am Ende lachen sie noch über sie. Nein, nein, meine Kinder sind ordentlich angezogen. Außerdem wäre es eine Verschwendung der Kleider. Hier hängen sie doch nur im Schrank und Vera wird sich freuen.«

Vera wollte als kleines Mädchen schon immer die Sachen ihrer Mutter anziehen. Immer wieder hatte Minna sie dabei erwischt, wie sie sich Schuhe und Kleider anzog und edle Dame spielte. Nun hoffentlich hatte Vera nicht vergessen, wie das ging mit der edlen Dame spielen, dachte sich Minna.

»Du lässt sie gehen. Das ist nicht dein Ernst. Mit dem Kerl! Sag mal, bist du verrückt geworden?«

»Halt den Mund.«

Erich erschrak. Seine Mutter wurde selten laut. Aber wie konnte sie Vera mit diesem Albert mitgehen lassen. Die beiden waren nicht verheiratet, das wäre ein Skandal.

»Aber ich … Mama.«

Erich stotterte.

»Nichts ich! Du entscheidest nicht, wen ich wo hingehen lasse! Habe ich dich damals festgehalten? Nein du durftest gehen, wohin du wolltest. Du hast für dich deine Entscheidungen getroffen und Vera trifft nun ihre. Und wenn ich das sagen darf mein Junge. Du hast dein Leben verwirkt. Du hast den Quatsch damals mitgebrüllt. Du hast dich zwar noch besonnen am Ende wieder normal zu werden, aber glaub nicht, dass ich das vergessen habe. Du hast kein Rückgrat, aber ich nehme dir das nicht übel. Dir hat der Vater gefehlt, der dir Vernunft einbläut. Vera darf ihre Entscheidungen treffen, ebenso wie du. Und auch mit ihren bin ich nicht einverstanden, aber ich werde wenigstens versuchen, dieses Kind nicht völlig an die Dummheit zu verlieren, und so unterstütze ich sie. Damit sie wenigstens in den dunklen Stunden des Lebens auf mich hört oder ihr gutes Herz nicht verliert!«

Erich stand mit dem angebissenen Apfel in der Küche. Verwirkt. Ja das war sein Leben. Nie hatte er irgendwas auf die Beine stellen können, immer plagten ihn Unsicherheit und Zweifel und alles, was er anfing, beendete er wieder. Keine Beziehung hatte gehalten, immer war er zu klammernd zu unsicher. Die Frauen verließen ihn. Auch die Jetzige würde sicher nicht bleiben. Er wollte doch nur geliebt werden. Konnte man einen wie ihn überhaupt lieben?

»Tut mir leid Mama, wenn du das so siehst. Ich habe dich immer geliebt. Ich will nicht immer Reue empfinden müssen. Ich war ein Kind. Ein dummes, aber ein Kind doch noch. Kannst du denn keine Liebe mehr für mich empfinden?«

Minna legte das Kleid beiseite und schaute ihren Erich an. Am Ende war sie seine Mutter und ein Teil von ihr steckte in ihm.

So viel war kaputt gegangen in der Seele des Jungen, aber er war immer noch ihr Erich, der keine Schale am Apfel mochte.

»Ich bin deine Mutter Erich, ich werde dich immer lieben. Aber ich werde auch immer ehrlich zu dir sein.«

Sie streichelte ihm über die Wange. Sie war rau. Keine Kinderwange mehr. Erich drehte sich weg von ihr. Was nützte ihm ihre Ehrlichkeit, er wollte doch nur ihre Liebe.

»Ich hoffe, Vera ergeht es schlecht in Paris. Dann weißt du, was Schuldgefühle sind.«

Draußen warf Erich den angebissenen Apfel weg, er wollte nichts mehr von seiner Mutter. Weder den Apfel noch ihre Liebe. Erich beschloss, nicht mehr zu lieben. Aber tief im Herzen wünschte er seiner kleinen Schwester Glück. Und als der Tag des Abschieds kam, war Erich traurig, seine Schwester nun loslassen zu müssen. Sie würde seine Hand nicht mehr brauchen.

Paris
1957

»Herr Krum, wenn Sie pünktlich sein wollen, dann müssen wir jetzt fahren. Der Verkehr, Sie wissen.«

Der Fahrer verneigte sich vor Albert und zog sich wieder in den Wagen zurück. Albert wartete auf Vera. Sie war morgens nicht zu Hause gewesen. Er hatte ihr nichts von Madame Bellios Besuch erzählt. Er wollte sie mit dem Besuch bei der Schau überraschen. Vera mochte doch solche Veranstaltungen und verstand viel von Mode. Aber sie war nicht da. War es nun vorbei zwischen ihnen? Es hatte doch nur so kurzgehalten. Unschlüssig stand Albert auf der Straße. Er wollte nicht zu dieser Veranstaltung. Aber er wollte sich auch nicht die Blöße geben nicht zu kommen.

»Lassen Sie uns fahren.«

»Und die werte Frau? Monsieur?«

»Frau Krum wird nicht mitkommen. Fahren Sie.«

Der Fahrer hatte Mitleid mit dem Mann. Der Arme wartete auf seine Frau und die war im ausgeflogen. Man hatte ihm gestern schon mitgeteilt, dass das Fräulein vermutlich nicht da sein werde und er dennoch pünktlich zu fahren habe. Als wäre er jemals unpünktlich! Schlimm, wie manche Frauen ihre Männer aufs Kreuz legten. Albert bemerkte die Blicke des Fahrers nicht. Er dachte an seine Vera und wie er sie nur hatte verlieren können. Alles nur, weil er sie mit dieser elenden Kinderfrage bedrängt hatte. Er war selbst schuld. Albert zog sich den Hut in die Stirn. Zwischen ihm und Vera war es vorbei. Hoffentlich fand dieser Tag ein schnelles Ende.

»Herr Krum, was machen Sie denn hier?«

Henri unterhielt sich grade mit ein paar Kollegen aus Italien, als er Albert entdeckte. Er ging auf ihn zu und schüttelte ihm die Hand. Henri war verwirrt. Normalerweise kam Veras Mann nur zu Wartungen oder Geschäftsreisen zu ihnen. Ihn hier zu sehen, erstaunte ihn.

»Ich wurde eingeladen.«

Albert war es unangenehm, seinen Geschäftspartner zu treffen, der anscheinend nicht mit ihm gerechnet hatte. Albert fühlte sich immer unwohler. Vielleicht sollte er doch wieder gehen.

»Ah, dann hat Vera Sie also doch eingeladen. Das freut mich. Die Frau hat Talent. Ich wusste gleich, dass Sie das auch so sehen würden.«

»Wie bitte?«

Jetzt war Albert verwirrt. Zum zweiten Mal in dieser Woche hatte er das Gefühl, dass nicht alles mit rechten Dingen zuging.

»Ja. Sie sind doch sicher nicht wegen der Mode, sondern wegen Ihrer Frau hier.«

Henri war nun auch verwirrt. Warum verhielt sich der Mann so eigenartig?

»Bei allem Respekt Herr Bellios. Ich weiß nicht, wo sich meine Frau grade aufhält. Und wenn Sie heute mit ihr rechnen, muss ich Sie enttäuschen, sie ist nicht da.«

Die beiden Männer blickten sich an. Jetzt war dieser Herr Krum aber übergeschnappt, dachte sich Henri. Albert hatte die gleichen Gedanken bezüglich Herrn Bellios.

»Aber sie ist doch schon da, Herr Krum. Sie macht sich hinten fertig. Und wenn Sie mich entschuldigen wollen, ich muss jetzt auch hinten nach dem Rechten sehen. Setzten Sie sich doch und trinken Sie ein Glas Champagner.«

Henri eilte nach hinten. Er war jetzt doch besorgt und wollte sich lieber vergewissern, dass alles gut lief. Albert rieb sich derweil den Kopf. Vera war anscheinend hier. Aber wieso sollte sie hier sein. Er suchte sich einen Platz, er musste sich hinsetzen. Auf dem Tisch lagen Prospekte mit den Ankündigungen des heutigen Tages.

»Der Paradiesvogel von Paris«
Die Neuentdeckung des Jahres

Albert nahm sich ein Prospekt. Auf was für Ideen diese Designer kamen. Gedankenverloren blätterte er die Seiten durch. In Gedanken war er bei Vera.

»Lumière!«

Louane und Henri hörten den Ansager und verschwanden aus dem hinteren Bereich nach vorne zu ihren Plätzen. Die Show konnte beginnen. Nach und nach würden alle Designer oder besseren Schneider von Paris ihre neuen Modelle vorstellen. Vera blieb hinten mit den anderen zurück. Und wieder kam die Aufregung in ihr hoch. Aber sie würde stark und mutig sein. Wie ein Mantra sprach sie es sich selbst vor und mit jedem Mal wurde Vera stärker und mutiger. Schließlich war sie der Paradiesvogel von Paris und alle Prospekte und Einladungen hatten sie angekündigt. Draußen setzten sich Louane und Henri im Dunkeln auf ihre Plätze.

»Sag mal Schätzchen, warum ist Herr Krum hier?«

Henri hatte das Thema nicht vor Vera ansprechen wollen. Ablenkung war nicht gut, so kurz vor dem Auftritt. Und außerdem hatte Henri das Gefühl, dass seine Frau mal wieder ihre Finger im Spiel hatte.

»Er ist hier, weil ich ihn eingeladen habe.«

»Louane, du willst doch nicht wieder dem Mädchen schaden? Was soll das? Damit kannst du auch uns schaden. Ich geh jetzt darüber und schaff den Mann hier weg.«

»Nichts dergleichen wirst du tun. Ja, ich habe mir da etwas für die beiden ausgedacht, aber diesmal ist es nötig, damit die beiden zusammenbleiben.«

»Muss ich das jetzt verstehen?«

»Nein, Vera muss Albert endlich von dem Kind erzählen und er muss endlich sehen, was Vera alles draufhat, damit er sie endlich darin unterstützt.«

»Das mit der Unterstützung, ja gut. Aber hätte das nicht an einem anderen Tag sein können. Musste es die Saisoneröffnung sein? Und außerdem welches Kind?«

»Ach, ihr Männer seid alle gleich. Das merkt doch jeder. Aber jetzt still, es geht los, vertrau mir einfach. Das richtet sich ganz von selbst.«

Die beiden nahmen sich an der Hand und schauten beide gebannt auf den Laufsteg. Alle Gesichter schauten jetzt wie verzaubert in diese Richtung.

»Lumière!«

Albert hörte den Ansager, doch er blickte stur auf das Prospekt. Auf der letzten Seite stand eine Liste aller Designer und Models. Vera Krum. Da stand ihr Name. Vera Krum, Designerin und Model, der Paradiesvogel von Paris, eine Neuentdeckung. Albert las die Zeilen immer wieder. Das Licht um ihn herum wurde ausgeschaltet und ein Scheinwerfer war auf den Laufsteg gerichtet. Albert schaute auf und es traf ihn wie ein Schlag. Vera!

»Lumière!«

Vera hörte den Ansager und machte sich bereit. Sie atmete tief ein. Das Licht ging aus und kurz war es dunkel. Doch nur für einen Augenblick. Der Scheinwerfer wurde auf sie gerichtet. Sie machte den ersten Schritt. Der Laufsteg lag wieder lang und weiß vor ihr. Sie sah ihn gar nicht. Sie schaute nur nach vorne in ein Gesicht. Sie war nicht verwirrt ihn zu sehen. Er saß da und schaute sie an. Sie lächelte. Sie lief auf ihn zu. Ein Schritt nach dem anderen, bis nach vorne. Sie wusste, wie man auf glattem Eis sicher lief und er würde sie auffangen wenn sie fiel. Sie blieb stehen und sah ihn direkt an. Alle anderen sahen sie an, aber sie sah nur ihn. Am Ende des langen gefrorenen Flusses wartete er auf sie. Und er lächelte zurück.

Sie drehte sich schwungvoll und fuhr sich mit den Fingern durch die Federn. Die drei Federn blitzen im Licht der Scheinwerfer auf. Alles an ihr strahlte. Der Frühling strahlte aus ihr hinaus und verbreitete sein Leuchten. Alle konnten es sehen, das Leuchten. In allen Augen konnte sie es sehen. Aber das schönste Leuchten, war in seinen Augen.

Sippersfeld
1956

»Mama fragt, ob du fertig bist. Wir müssen bald los, wenn du deinen Zug nicht verpassen willst.«

Erich stand in der halb offenen Tür und blickt sich im Zimmer seiner Schwester um. Ohne die sonst verstreuten Kleider und Haarbänder wirkte es trostlos. Seine Schwester lebte sonst hier in ihrem persönlichen Chaos und seine Mutter schimpfte regelmäßig mit ihr, endlichen Ordnung in ihre Sachen zu bringen. Jetzt lag nichts mehr auf dem Boden und Erich fragte sich, ob seine Mutter das Chaos auch vermissen würde.

»Ich bin gleich so weit, ich brauche noch einen Moment.«

»Alles gut bei dir Vera?«

Eigentlich hatte Erich sich vorgenommen, das leidige Paris-Thema einfach auszusitzen, bis seine Schwester weg war und dann hoffentlich nie wieder darüber reden zu müssen. Denn was sollte sie denn da schon erreichen? Untergehen würde sie und irgendwann wieder vor der Tür stehen und dann würde seine Mutter den Karren aus dem Dreck ziehen, so gut es ging. Aber er wollte damit nichts zu tun haben. Doch Vera klang traurig und etwas in ihm konnte diesen Ton in der Stimme seiner kleinen Schwester nicht überhören. So ging er in das Zimmer zu ihr. Sie stand vor dem großen Spiegel und schaute hinein, als suche sie etwas und konnte es in ihrem Spiegelbild nicht finden.

»Ja, eigentlich nein. Erich, ich weiß, das ist eine lächerliche Frage, aber bin ich eigentlich hübsch?«

Erich stutzte. Was sollte ein Bruder seiner Schwester darauf antworten. Er hatte seine Schwester nie als Frau angesehen, immer als kleine, nervige Schwester. Er wusste, dass Frauen sich über solche Themen Gedanken machten, aber ihm war es nie in den Sinn gekommen, dass es seiner Schwester auch so erging.

»Ich weiß nicht Vera, wieso fragst du mich das? Ich kenn mich da nicht aus.«

»Na aber Erich, du bist doch ein Mann. Du musst doch wissen, ob ich schön bin oder nicht. Weißt du, die Frauen in Paris sind bestimmt wahnsinnig schön. Ich mein Paris – das ist die Stadt. Verstehst du. Und ich habe einfach schreckliche Angst, dass mich alle dort auslachen.«

»Ach Vera, das werden sie nicht. Und außerdem bist du da ja nicht allein.«

Erich verzog das Gesicht. Ihm gefiel der Gedanke nicht, dass Vera dort bei Albert sein würde. Erich wusste, dass Albert keine schlechte Partie für Vera war. Er arbeitete hart und war ein grundehrlicher Mann. Persönlich hatte Erich nichts gegen ihn. Aber er hatte doch schon alles, Geld, einen guten Job musste es dann auch noch seine Schwester sein? Dennoch versuchte Erich Vera aufzumuntern.

»Das stimmt Erich. Aber ich habe trotzdem Angst. Was wird mich da erwarten?«

»Ein anderes Leben Vera, Sippersfeld ist doch viel zu klein für dich, Schwesterchen.«

»Ja, du magst recht haben. Nimm schon mal den Koffer da, ich komme gleich und Erich … «

»Ja?«

»Danke!«

Erich sah seine Schwester an und lächelte.

Paris
1957

Sie hatte gelächelt. Er konnte nur zurücklächeln. Das war leibhaftig seine Vera. Anders, verändert, verzaubert durch neue Kleidung und Kunst, aber es war seine Vera, die da gelächelt hatte. Albert sah ihr nach, wie sie wieder auf dem Laufsteg verschwand. Das hatte sie alles geschafft? Sie war nie bei einem anderen Mann gewesen, der Schlag traf Albert ein zweites Mal an diesem Tag. Diesmal genau in der Brust. Sie hatte die ganze Zeit gearbeitet. Das alles hatte seine Frau allein geschafft. Seine wunderschöne freie Frau. Albert kam sich dumm vor. Es hielt ihn nicht mehr auf dem Stuhl, er musste zu ihr.

»Du bist wunderschön!«

Albert hatte sich um die anderen Gäste herum zu den Garderoben geschlichen. Keiner hatte ihn gesehen, bis auf einer.

»Danke, Liebster.«

Sie standen sich gegenüber.

»Dann bist du also der Paradiesvogel von Paris?«

»Das bin ich.«

»Ich bin so stolz auf dich.«

Vera bekam große Augen. Sie hatte mit allem gerechnet, aber nicht damit.

»Wirklich? Auch wenn ich dir alles verschwiegen habe?«

»Ja, Vera. Ich liebe dich. Und alles, was du erreicht hast. Ich konnte grade nicht glauben, dass das wirklich du bist.«

»Es ist aber nicht alles, was ich bin, weißt du.«

Vera nahm den Hut ab und ließ ihn zu Boden fallen. Wenn sie ihm das sagen wollte, wollte sie nicht Vera der Paradiesvogel sein. Sie wollte nur Vera sein in diesem Moment.

»Ich weiß, dass du vieles bist. Schön, frech, intelligent und wild.«

»Und schwanger.«

Vera fuhr sich über den Bauch.

»Was?«

Albert zuckte zusammen und sah seine Frau erwartungsvoll an. Hatte sie das grade gesagt, oder war das nur wieder eine verrücke Einbildung.

»Ich bin schwanger. Es ist noch frisch, aber der Arzt war sich sehr sicher. In ein paar Wochen können wir es auf dem Bild sehen.«

»Vera, ich liebe dich über alles auf der Welt. Meine kleine verrückte Frau.«

Sie umarmten sich und Vera versank in seinem Armen. Er hielt sie fest. Er würde sie immer festhalten und nie loslassen.

Louane schaute den beiden leise zu und hob den Hut auf. Ein Hut und drei Federn. Albert, Vera und ihr Kind. Eine Familie. Vera, dachte sich Louane, eine mutige und starke Frau.

Kaiserslautern Bahnhof 1956

Vera drehte sich noch einmal um. Ihre Mutter hatte Tränen in den Augen und ihr Bruder immer noch das verschmitzte Lächeln auf den Lippen. Sie war froh, dass ihre Mutter nicht mehr wütend war. Als Erich den Koffer runtergetragen hatte, hatte Vera ihr Kleid ausgezogen und war in Hosen geschlüpft. Eine Nylonbluse hatte sie zur Hälfte geknöpfte und vor dem Hosenbund verknotet. Wenn sie nach Paris fuhr, dann richtig. Die Hose hatte sie heimlich gekauft und vor ihrer Mutter versteckt. Auch das Make-up, das sie vorsichtig aufgetragen hatte. Den Lippenstift hatte sie mit einem dünnen Stift gezogen und war erleichtert, dass ihre Hände dabei nicht gezittert hatten. Die Augen hatte sie sich wie auf dem Cover der Zeitschrift geschminkt. Und die Pumps hatte sie poliert. Ihrer Mutter war ein Schrei des Entsetzens entfahren, als sie die Treppe runterkam. Doch sie wusste, wenn sie nach Paris ging, musste sie diesen Teil hinter sich lassen. Ihre Mutter hatte den ganzen Weg zum Bahnhof geschimpft. Doch Vera hatte keine Ohren dafür, sie hörte nur das Getuschel der Männer, die sie sahen, und die aufgeregten Ausrufe der Frauen. Die Alten zeigten auf sie und die Jungen bekamen ein Funkeln in die Augen, weil sie auch so sein wollten. Vera fühlte sich wohl. Doch als sie jetzt die Tränen ihre Mutter sah, blieb sie stehen. Sie stellte den Koffer ab und lief zu ihr zurück. Ihre Mutter empfing sie mit einer festen Umarmung. Vera wusste nicht, was sie zum Abschied sagen sollte. Darum tat sie das, was ihr Vater immer getan hatte, wenn ihre Mutter weinte. Sie nahm sie fest in den Arm und drückte ihren Kopf in die warme Grube an ihrem Hals. Sie strich ihrer alten Mutter durch das Haar. Sie spürte ihr Zittern.

»Ich werde wiederkommen Mama, und dann erzähle ich dir von Paris.«

Sie flüsterte es ihrer Mutter ins Ohr. Danach umarmte sie ihren Bruder.

»Du bist wunderschön, kleine Schwester.«

Vera verstaute ihre Koffer im Zug und stellte sich auf das Trittbrett, als der Zug sich in Bewegung setzte. Ihre Mutter und ihr Bruder wurden immer kleiner. Sie winkte ihnen zu und rief.

»Ich habe euch lieb, bis bald, bis bald.«

Sie drehte den Kopf und der Fahrtwind blies ihr um die Ohren und Rauschen durchströmte ihren Kopf und ließ sie nicht mehr los. Es durchströmte sie. Erst ihren Kopf, dann rauschte ihr Blut und Vera fühlte es. Es war der Rausch der Freiheit. Der Zug ließ den dunklen Bahnhofstunnel hinter sich und die Sonne erhellte Veras Gesicht.

Epilog

Irgendwo in Rumänien 1944

»Georg, runter!!!«

Fritz versuchte, über den Lärm hinwegzuschreien, doch er wusste, so laut er auch rief, Georg würde es nicht hören. Diese Gewissheit ließ in verzweifeln. Nochmals rief er nach seinem Kameraden und Freund.

»Georg, Deckung! Runter! Die Bomber kommen!«

Zu spät. Zwei Sekunden später flogen die Bomber über den Graben der 4. Division hinweg. Zuerst traf es Feldwebel Greißer, einen schrecklichen Tyrannen, durch Fritz Gedanken huschte kurz ein Gefühl der Genugtuung, als er ihn sterben sah. Danach traf es Franz und Berthold, beides zwei junge Knaben. Fritz hatte nie viel mit ihnen geredet, aber sie konnten nicht älter als 19 sein. Bedauern überkam ihn, sie tot zu wissen. Dann traf es Georg, sein Kopf wurde ihm vom Kopf geschossen, er war augenblicklich tot, er hatte Fritz nicht gehört. Fritz letztes Gefühl, bevor eine Kugel ihn niederstreckte, war Bitterkeit. Er hatte keinem helfen können, er hatte versagt.

Es war Freitag, der 14. Februar 1944 und Fritz Schönfelds letzte Gedanken kehrten zurück zu seiner Familie. Nochmal sah er seine Frau, seinen Sohn und seine Tochter, sie standen am Bahngleis und winkten ihm zum Abschied zu. Er sah Vera, wie sie dem Zug hinterherrannte, ihre roten Wangen, hörte ihr Rufen.

»Tut mir leid, Vera, ich kann nicht kommen, tut mir leid. Ich liebe dich.«

Es waren die letzten Worte, die über seine Lippen kamen und als die Bomber umkehrten, blieb nur die Stille im Graben zurück.